RIVKA GALCHEN

AMERIKANISCHE ERFINDUNGEN

STORYS

Aus dem Englischen von
Grete Osterwald und Thomas Überhoff

ROWOHLT

Die Originalausgabe erschien 2014 unter dem Titel
«American Innovations»
bei Farrar, Straus and Giroux
in New York.

1. Auflage Januar 2017
Copyright © 2017 by Rowohlt Verlag GmbH,
Reinbek bei Hamburg
«American Innovations»
Copyright © 2014 by Rivka Galchen
Satz aus der Caslon 540 PostScript, InDesign,
bei Pinkuin Satz und Datentechnik, Berlin

Druck und Bindung CPI books GmbH,
Leck, Germany
ISBN 978 3 498 02529 8

Für Georgie und Yosefa

AMERIKANISCHE ERFINDUNGEN

STORYS

DIE VERLORENE ORDNUNG

Ich war zu Hause, kochte keine Spaghetti. Ich versuchte, etwas weniger oft zu essen, das stimmt. Ein Joghurt morgens, ein Joghurt mittags, Ingwerbonbons zwischendurch und ein normales Abendessen. Ich glaube nicht, dass ich jemand mit einem «Gewichtsproblem» bin, aber irgendwie hatte ich, gerade mal vier Monate arbeitslos, etliche Pfunde zugenommen, und als mir das bewusst wurde – ich wiege mich nie, mein Bruder sagte nur bei einem Besuch: «Ich erkenne deine Beine nicht wieder» –, da war ich nicht glücklich darüber. Obwohl, vielleicht war ich es doch. Denn zumindest hatte ich jetzt etwas, von dem ich wusste, es wäre nicht verkehrt, mich wirklich damit zu beschäftigen. Ich konnte wie diejenigen sein, denen es gelingt, durch den Versuch, mit dem Rauchen oder Trinken aufzuhören, jeden Tag etwas zu erreichen oder es wenigstens anzustreben. Einfach indem sie sich das Ziel setzen, etwas nicht zu tun. An diesem Morgen war kein Joghurt mehr für mein Frühstück da. Ich konnte mir eins holen gehen. Ich konnte mir eins mit Ahornsirup gönnen. Obwohl, die mit Ahornsirup waren immer vollfett. Aber vollfett dürfte in Ordnung sein, es war ja nur ein klitzekleiner –

Mein Telefon klingelt.

Die Ruferkennung zeigt «Unbekannt».

Eigentlich nehme ich als Unbekannt erkannte Anrufe nicht an. Aber manchmal erscheint Unbekannt, weil jemand, sagen wir, aus dem Krankenhaus anruft.

«Einmal Knoblauchhuhn», sagt eine Männerstimme. «Einen Beilagensalat, mit dem Ingwer-Miso-Dressing. Und dazu noch weißen Reis. Weiß, nicht braun. Nicht zum Abholen», sagt er. «Es soll geliefert werden.»

Er hat sich wohl verwählt, stelle ich mir vor. Ich meine, natürlich hat er sich verwählt –

«Nicht das Zitronenhuhn», fährt er fort. «Ich will keins mit Zitrone. Was ich will –»

«Okay. Verstehe –»

«Das letztes Mal haben Sie das Falsche gebracht –»

«Zitronenhuhn –»

«Knoblauchhuhn –»

«Okay –»

«Ich kenne Sie», sagt er.

«Was?»

«Sagen Sie nicht einfach nur ‹okay›, und dann bringen Sie mir doch das Falsche. Okay. Okay. Okay. Sagen Sie nicht einfach nur ‹okay›.» Er beginnt, seine Adresse zu diktieren. Ich habe nichts zu schreiben bei der Hand.

«Okay», sage ich. «Ich meine, in Ordnung.» Ich habe den Überblick verloren, ob es das Zitronenhuhn war, was er wollte, oder doch das Knoblauchhuhn. Wollen und nicht wollen. Welcher Wasserhahn ist warm und welcher kalt. Ich habe noch immer Probleme mit rechts und links.

«Wie lange?», fragt er.

«Dreißig Minuten?»

Er legt auf.

Huch. Warum konnte ich nicht zugeben, dass ich ihm überhaupt kein Huhn bringen würde? Jetzt tue ich einem hungrigen Mann unrecht. Man versucht, nicht allzu viel Unrecht im Leben zu tun. Aber ich kann ihn nicht zurückrufen: Er ist Unbekannt!

Was soll's, vergiss es.

Obwohl, vergessen ist auch Arbeit. Ich kehrte zum Nicht-Spaghetti-Kochen zurück, einer Aufgabe, der ich Nicht-Joghurt-kaufen-Gehen hinzugefügt hatte. Dann fiel mir ein, dass es eine gute Idee wäre, mich anzuziehen. Es war 10.40 Uhr. Etwas früh für ein Huhn. Ja, ich sollte und würde mich anziehen. Unglücklicherweise wünsche ich mir beim Thema Anziehen immer, ein Mann zu sein. Ich meine, nicht so unvermeidlich, wie bei einer Geschlechtsverwirrung, das nicht; ich glaube einfach, es fiele mir leichter, die Kleidung auszuwählen. Aber einen Körper zu haben ist eben immer problematisch. Sogar für unsere Hündin. Einmal, im Sommer, glaubten wir, ihr einen Gefallen zu tun, indem wir ihr das Fell schnitten, aber danach ließ sie den Kopf hängen und war untröstlich. Armes Mädchen. Die Lösung ist, keine Zeit zu haben, um an seinen Körper zu denken, und Hunde – jedenfalls die meisten – haben jede Menge Freizeit. Ich auch, würde ich meinen. Trotzdem *fühle* ich mich nicht so, als hätte ich eine Menge Zeit; ich fühle mich dauernd unter Zeitdruck; dabei hatte ich, als ich arbeiten ging, immer das Gefühl, reichlich Zeit zu haben. Aber schon da war es schwierig, mich anzuziehen. Eine Zeitlang war ich überzeugt, smokingartige Hosen mit irgendwelchen billigen weißen T-Shirts zu kombinieren würde mein Anziehproblem für mindestens zehn Jahre, wenn nicht für den Rest meines Lebens, lösen. Also kaufte ich smokingartige Hosen! Zwei Stück. Und ein paar Männerunterhemden. Aber es stellte sich heraus, dass ich noch schlampiger aussah als sonst. Und mit schlampig meine ich vor allem einfach weiblich, mit Kurven, was bei vielen Gelegenheiten okay sein mag, sogar großartig, klar, aber das mit dem ordentlichen Aussehen eines Frauenkörpers, ob weiblich oder nicht, ist eine trügerische und instabile Sache. Sich als Frau zu kleiden ist, wie mit Farbe statt mit Schwarz-weiß zu arbeiten. Oder aus der freien Hand einen Kreis zu zeichnen. Es heißt, Giottos Auftrag für den Petersdom habe allein darauf beruht, dass man dem Papst einen roten Kreis zeigte, den er mit einem einzigen Pinselstrich gemalt hatte. So schwierig sind Kreise. In den siebenhundert Jahren seit Giotto wahrscheinlich noch –

Ich befand mich wieder in der Küche, kochte noch immer keine Spaghetti und trug ein T-Shirt. Nicht dasselbe, in dem ich aufgewacht war, aber doch eines, das sich am besten als Nachtzeug beschreiben ließe und in dem ich mich auch nicht besonders wohl, männlich oder flachbrüstig fühlte. Giotto? Es war 11.22 Uhr. Ich hätte meine Zeit lieber damit verbringen sollen, Zitronenhuhn für diesen Mann zu kochen, dachte ich. Oder Knoblauchhuhn. Was auch immer. Ich kam mir vor, als hätte ich eine wichtige Verantwortung so komplett vernach-lässigt, dass ich mir nicht einmal eingestehen konnte, sie überhaupt zu haben. Nahm ich die Bestellung dieses Mannes wirklich so ernst?

Wenigstens aß ich nicht.

Ich beschloss, nicht im Internet zu surfen.

Dann, mir keine Fernsehshow anzusehen.

Mein liebstes Wurfkissen umarmend, legte ich mich aufs Sofa und dachte: Zähl einfach von hundert rückwärts. Das ist etwas, was ich mache, um mich abzuregen. Seltsam ist nur, dass ich mich nicht erinnern kann, es je bis eins geschafft zu haben. Manchmal schlafe ich ein, bevor ich bei eins angekommen bin – das ist nicht so geheimnisvoll –, aber meistens gerate ich einfach auf Abwege. Ich schweife irgendwie vom Zählen ab, ohne es zu merken, und dann, schon weit entfernt von dem, was auch immer die erste Ablenkung gewesen sein mag, finde ich mich woanders wieder.

Auf dem Wurfkissen sind Matroschka-Puppen abgebildet. Ich fing an, rückwärts zu zählen. Sechsundneunzig, fünfundneunzig, vierundneunzig –

Das Telefon klingelt.

Es ist Unbekannt.

Ich hasse mein Telefon. Ich hasse alle Telefone.

Warum sollte ich mich mit den Problemen dieses hungrigen Mannes herumschlagen, Problemen, die aus einer Vergangenheit stammen, mit der ich nichts zu tun habe? Nicht mein verdammter Zuständigkeitsbereich.

Obwohl, zugegeben, dass unsere Wege jetzt so verschlungen sind – das ist schon irgendwie meine Schuld.

«Okay?», sage ich ins Telefon.

«Ich glaube, ich weiß, wo es ist», sagt eine bekannte Männerstimme.

«Es ist noch nicht mal unterwegs», gestehe ich. «Tut mir leid.»

«Was ist nicht unterwegs? Schläfst du?»

Ich verorte die Stimme genauer. Sie gehört meinem Mann.

«Sorry, tut mir leid. Jetzt bin ich da.»

«Ich sagte, ich glaube, ich weiß, wo es ist. Ich glaube, ich habe ihn verloren, als ich mit Monkey im Innenhof war und Tennisbälle warf.» Unsere Hündin heißt Monkey. Einer der

Gründe, warum ich einsamer war als gewöhnlich, bestand darin, dass Monkey zu einer Art Hundeurlaub auf dem Land bei meinen Schwiegereltern war. «Meine Hände waren total kalt. Ich hatte eine eisige Flasche Wasser gekauft.»

«Okay», sage ich.

«Du weißt ja, wie das ist, wenn deine Hand kalt wird; die Finger schrumpfen. Also könnte es sein, dass der Ring einfach abgefallen ist. Ich bin mir fast sicher, dass es so war. Jetzt sieht es nach Regen aus, und ich fürchte, der Regen wird den Ring direkt in einen Gully spülen. Tut mir leid, dir das aufzuhalsen, aber würde es dir etwas ausmachen, nachsehen zu gehen?»

Er redet über dies: Vor ein paar Wochen war ich kurz weg gewesen, zur Beerdigung meines Onkels, und als ich wiederkam, trug mein Mann seinen Ehering nicht mehr. Dieses Ding ist so unwichtig, um ehrlich zu sein, hatte ich gar nicht bemerkt, dass er ihn nicht mehr trug. Und er selbst hatte es auch nicht bemerkt. Wir sind keine Symbolfreaks. Uns war nicht bewusst, dass sein Ring fehlte, bis wir mit einer Freundin, die aus Chicago zu Besuch gekommen war, beim Abendessen saßen und sie unsere Eheringe sehen wollte. Mein Mann benahm sich etwas merkwürdig. Vermutlich hatte er es zugleich gewusst und nicht gewusst. Also letztlich doch. Etwas in ihm hatte es gewusst. Und ihn genügend geplagt, dass er dann so tat, als wäre nichts geschehen. Armer Kerl.

«Ich werde ihn nicht suchen gehen», sage ich unwillkürlich ins Telefon. Es ist kein wirklicher Entschluss, eher eine Art Entdeckung. Ich will nicht die Frau sein, die in einem öffentlichen Innenhof hoffnungslos nach einem Ehering sucht. Auch wenn die Sache gar nicht mit dem metaphorischen Gewicht beladen ist, mit dem sie irreführenderweise beladen scheint. Trotzdem, nein. Kürzlich hatte ich ein Foto von Susan Sontag gesehen, in einem Teddybärkostüm, aber mit einem ernsten Ausdruck im Gesicht; man sah ihr an, dass sie sich unwohl fühlte.

«Geh einfach nur hin und versuch, ihn *nicht* zu suchen», sagt mein Mann. «Nur eine Stippvisite im Hof. Bitte.»

«Ausgeschlossen, dass er noch –»

«Kannst du mir diesen kleinen Gefallen denn wirklich nicht tun?»

«Ist es meine Schuld?»

«Ich bin bei Stunde neunundzwanzig meiner Schicht hier.»

«Ich tue auch nicht nichts», sage ich. Ich finde, ich habe meine Stimme weder gehoben noch gesenkt, und doch kommt es mir vor wie beides. «Du hältst mich für unfähig, aber das stimmt nicht. Du verstehst meinen Standpunkt einfach nicht. Du siehst mich ganz falsch. Das ist nicht fair, das ist nicht richtig –»

«Es tut mir so leid, Liebling», sagt er. Seine Stimme hat eine Spitzkehre zum Zärtlichen gemacht. Was alarmierend ist. «Ich bin auf deiner Seite», sagt er. «Ich liebe dich so sehr, wirklich. Das weißt du doch, nicht wahr? Du weißt, wie sehr ich dich liebe.»

Wir hatten nicht immer so miteinander gesprochen, dass es klang, als versuchten fortgeschrittene Sprachschüler, sich ihre Gefühle mitzuteilen, aber in jüngster Zeit passierte das; ich glaube, wir versuchten einfach, Kurs zu halten, um eine unausweichliche und unbedeutende Meerenge in unserer Beziehung zu durchschiffen.

«Es tut mir leid, Boo», sage ich. «Ich bin es, die sich entschuldigen sollte.» Ich vermisse ihn plötzlich sehr, als wäre ich aus einem jener Träume geweckt worden, in denen die Toten noch bei uns sind. Wachsein ist ein schreckliches Gefühl. Ich quassele drauflos, und mitten in meinem Gefasel sagt er: «Ich muss jetzt», dann ist er weg.

Die Tagesstunden in diesem Viertel gehören fast ausschließlich den Lieferboten und Nannies. Die Boten sind alle Männer. Und die Nannies alle Frauen. Und die Frauen alle dunkelhäutig. Ich hatte mir keine großartigen Gedanken über die sozioökonomische Ballung oder Genderhäufung in meiner Nachbarschaft gemacht, bevor ich ein Tageslichtgespenst wurde. Ich meine, klar, ich wusste es so ungefähr, aber plötzlich war es deutlich – im Schutz des Tages sah man oder schien man jedenfalls zu sehen, dass die Jahrzehnte des Feminismus und der Bürgerrechtsfortschritte nie stattgefunden hatten. Das war erschreckend. Trotzdem war es für mich ein nicht untröstlicher Gedanke, dass Männer kräftige Waden hatten, Zeug schleppten und dass es das Schicksal jedes Kleinkinds war, sich in eine andere Frau zu verlieben. War es meine Schuld, wenn solche Gefühle in mir lebten? Vielleicht.

Ich war nicht immer – und war es auch noch gar nicht lange – ein Tageslichtgespenst, eine Faulenzerin, ein *mal pensant*, eine Absenz, eine Hausfrau, ein an der Herausforderung, sich anzuziehen, gescheiterter Mensch, jemand, der weniger zu essen für ein angemessenes Primärziel hielt. Ich war eine gut beschäftigte Umweltanwältin gewesen, eine Art Zufallsexpertin in Sachen toxischer Schimmel – Rechtsstreitigkeiten wegen mutmaßlicher Schäden an Eigentum und Personen durch Belastung mit toxischem Schimmel. Ich bearbeitete den ersten Schimmelfall, der hereinkam, sodass ich, als kurz danach der zweite Fall in der Firma auftauchte, diejenige welche war. 2001 hatte ein Gericht in Texas in einem Fall auf Zahlung von zweiunddreißig Millionen Dollar entschieden, und das hatte viele Herzen träumen lassen. Aber der Texas-Fall war eine reine Versicherungsangelegenheit gewesen und deshalb kein Präzedenzfall für toxischen Schimmel. Die meisten Leute verstehen das nicht. Eine Versicherungsgesellschaft hatte es versäumt, unverzüglich für Reparaturen an undichten Rohren in einer Zweiundzwanzig-Zimmer-Villa zu zahlen, woraufhin sich Schimmel ausgebreitet hatte; alle Forderungen wegen persönlicher Gesundheitsschäden durch toxischen Schimmel wurden abgewiesen, während sich die anerkannten Ansprüche aus Schadensersatz für Eigentumsbeschädigung, Strafgeldern, Seelenschmerz und Erstattung der Anwaltskosten des Klägers von fast neun Millionen Dollar ergaben. Aber da der Fall in den Abendnachrichten kam, wurde er, wie zu erwarten, radikal verdreht. Die Folge: Toxischer-Schimmel-Prozess-Fieber. Es steht fest, dass Schimmel, genau wie Staub, eine Umweltbelastung darstellt; manche von uns sind allergisch gegen manche Schimmelpilze, wie andere gegen Staub allergisch sind, obwohl es unwahrscheinlich ist und schon gar nicht wissenschaftlich erwiesen, dass irgendein Schimmel unsere Gesundheit auf eine nachhaltige oder schwere Weise beeinträchtigen kann. Klar ist auch, dass grundlegende Instandhaltung zu den wesentlichen Pflichten eines Immobilienbesitzers gehört. Aber darüber hinaus … Ich bearbeitete ziemlich viele Schimmelfälle. Ich füllte die stummen Felder der Formulare aus. Ich entsandte Umweltgutachter. Der Job war befriedigender, als es klingt, das kann ich wohl sagen. Egal, auf welchem Gebiet, Expertise zu haben und einzusetzen kann sich anfühlen wie ein glücklicher Traum.

Aber eines Tages wachte ich auf und hörte mich sagen: Ich bin eine Gabel, die zum Körneressen benutzt wird. Ich bin kein Löffel. Ich bin eine Gabel. Und ich kann den Leuten nicht länger beim Körneressen helfen.

Ich fand mein Gefühl albern, klar, aber es steuerte mich trotzdem. Ich hatte keinen Plan, aber am Nachmittag sagte ich zu einem der Geschäftsführer: «Ich fürchte, ich muss um meine Kündigung ersuchen.» Ich benutzte dieses Wort, «ersuchen».

Ich hätte all diese Wörter natürlich zurücknehmen können. Doch am Abend, nach dem Ersuch-Wort, sagte ich zu Boo: «Ich glaube, ich schmeiße meinen Job.»

Er legte seine Mobiltechnologie aus der Hand.

«Mach dir keine Sorgen», sagte ich. «Ich werde eine andere Arbeit finden.»

«Nein, das ist vollkommen okay», sagte er. «Du musst nicht arbeiten, wenn du nicht willst. Oder du könntest in einer Bäckerei anfangen. Warum nicht? Du wirst es rausfinden. Ohne Zeitdruck, okay? Ich mag meine Arbeit. Wir können davon leben.»

Mein Mann ist echt verständnisvoll; dennoch dachte ich unwillkürlich an einen alten chinesischen Film, in dem der Vater Magenkrebs bekommt, die Familie es ihm aber verheimlicht und alle nur sehr freundlich zu ihm sind. «Aber du könntest eines Tages aufwachen und deine Arbeit nicht mehr mögen», sagte ich.

«Das wird mir nicht passieren», sagte er. «So bin ich einfach nicht.» Dann fügte er hinzu: «Ich habe gemerkt, dass du unglücklich warst. Ich habe es früher gemerkt als du selbst. Ehrlich, ich bin erleichtert.»

Als das Telefon wieder klingelt – Unbekannt – nehme ich sofort ab. Ich war so kindisch gewesen, den Ring nicht suchen zu wollen; ich würde Boo sagen, dass ich ihn suchen gehen würde, und dann würde ich es tun, den Ring suchen gehen.

«Fünfundfünfzig Minuten», sagt er.

«Tut mir furchtbar leid, ich –»

«Sie sagten, eine halbe Stunde. Da geht es um Versprechen und Erwartungen. Sie brauchen solche Versprechen nicht zu geben. Aber Sie tun es. Sie lassen einen in der Erwartung. Und warum? Weil Sie nicht nur ein Loser sind mit dem Scheißjob, den Sie da machen, sondern auch eine schreckliche Person, eine von der schlimmsten Sorte, der Sorte, die es nötig hat, dass jeder denkt, wie reizend sie doch ist. Ich habe Sie nie attraktiv gefunden. Ich habe Ihnen nie getraut. Sie sagen: Ja dies, Tut mir leid jenes, und Ups, TUT MIR WIRK-LICH LEID, und WIR WOLLEN SIE NUR GLÜCKLICH MACHEN, aber wer fällt schon darauf herein? Ich jedenfalls nicht. Ich bin einer, der sieht, wer Sie wirklich sind –»

«Ich glaube, Sie –»

«Warum entschuldigen Sie sich und kichern die ganze Zeit? Bei jedem Kerl das gleiche. Warum tragen Sie diesen silbernen Trikotanzug und diesen lächerlichen Lidschatten? Ihre Brüste sehen ungleich aus in dem Trikotanzug. Wissen Sie, wie Sie aussehen? Sie sehen aus wie eine Hure. Nicht wie ein Escort- oder Callgirl. Sie sehen aus wie ein Zehn-Dol-lar-Blowjob. Wenn Sie glauben, Sie könnten in dieser Stadt je was anderes sein als eine Huren-Fotze mehr –»

Ich lege auf.

Ich stelle das Telefon aus.

Ich schenke mir ein Glas Wasser ein, aber dann verschütte ich es erst, ehe ich es vollends fallen lasse, und dann wische ich nur schlampig auf. Ich besitze gar keinen silbernen Tri-kotanzug. Dennoch war ich von einem kleinen allwissenden Gott zur Rede gestellt worden. Die Strafe würde folgen, und zwar auf dem Fuße. Ich schlüpfe in die Stiefel meines Man-nes und in seinen Regenmantel, wodurch ich mir unabsicht-lich eine Gummihülle entsprechend dem sauberen und flach-brüstigen Aussehen schaffe, nach dem ich mich jahrelang gesehnt habe. Ich verließ die Wohnung und ging los zu dem Innenhof, ein paar Blocks weiter; ich würde nicht ohne den Ring zurückkommen.

Als ich den Hof erreiche, sehe ich, dass es kein richtiger Innenhof ist, sondern nur ein bisschen Beton und ein paar Picknicktische am windigen Sockel des höchsten Gebäudes in der Nachbarschaft. Sich das als einen Innenhof vorzustel-len – ich glaube, das war eine Phantasie, an der mein Mann und ich im Unterbewusstsein insgeheim zusammengewirkt hatten. Plötzlich sehe ich etwas in der Mittagssonne glitzern; es erweist sich als silbriges Kaugummipapier. Nicht einmal eine Münze liegt auf dem Boden. Teddybärkostüm, denke ich. Es fängt an zu nieseln. Dann erinnere ich mich: Pförtner sind mehr als nur Typen, vor deren Augen man sich immer als Versager fühlt, nicht genügend Unterhaltungswert für sie zu haben. Wäre ich in einem sogenannten Innenhof und fände einen Goldring, der mir nicht gehörte ...

Zwischen mir und dem Pförtner, dort an seinem Pult, sind zwei Frauen. Zwei Dunkelhäutige; beide tragen braun; sie tragen, wie mir etwas spät klarwird, UPS-Uniformen. Eine von ihnen trägt eine flauschige braune Weste darüber. «Der Typ war total fertig», sagt die mit der Weste.

Ich fühle mich irgendwie schlecht, weil ich mich dabei

ertappe, den Frauen auf den Hintern zu starren (dieses Wort erscheint mir noch als die sanfteste und zärtlichste Option), aber irgendwie fühle ich mich auch gut, weil beide Hintern so attraktiv sind, wenngleich ganz verschieden: Der eine ist jugendlich und anspruchslos, der andere dagegen schamlos raumgreifend und erinnert irgendwie an Gärtnern – an Vorbeugen und Rummachen. Die Hosen sitzen schön eng. Ich weiß, dass ich – und eigentlich jeder – so nicht über Frauen und, was das betrifft, auch nicht über Männer denken sollte, weil es, ich glaube, so läuft das Argument, die Menschen auf Behältnisse für sexuelle Möglichkeiten reduziert. Aber ich bin mir nicht sicher, ob es wirklich das ist, was in mir vorgeht. Vielleicht denke ich nur, dass diese Frauen ihr Anziehproblem gelöst haben. «Ich glaube, das war sein Freund», sagt die eine, «der das Kennzeichen des Lastwagens aufgeschrieben hat.»

«Hat Sie jemand belästigt?», werfe ich unwillkürlich ein.

«Das ist ein ziemlich schlimmes Viertel hier. Auch wenn es so was wie ein schönes Viertel ist, ist es doch irgendwie schlimm –»

«Jedes Viertel ist heutzutage schlimm –»

«Heute ist iPhone-Tag –»

Die Frauen haben sich umgewandt und mir ihren Kreis geöffnet.

«Sie haben zwei Millionen iPhones bestellt –»

«In meiner Nachbarschaft wurde schon jemand abgestochen bei einer Lieferung.»

«Ich hasse Telefone», sage ich ins Blaue. «Ich hasse sie wirklich.»

«In Russland gibt's kein Apple», sagt der Pförtner. «Den Russen kannst du die Dinger für vierzehnhundert Dollar verkaufen. Du kaufst sie für sechshundert und verkaufst sie für vierzehnhundert.»

«Ausliefern muss entsetzlich sein», sage ich zu den Frauen. «Man weiß ja nie, was mit dem Menschen hinter der Tür los ist. Das ist, als klopfte man bei seinem eigenen Albtraum an.»

«Die Leute lieben ihre iPhones», sagt die Lieferbotin mit der Weste. «Meine Tochter sagt, es ist, als würden sie ihr iPhone heiraten.»

Ich frage weiterhin nicht nach Boos Ring. «Ich habe noch nie eine Frau als Auslieferin bei UPS arbeiten sehen», sage ich. «Und plötzlich sind Sie da – gleich zwei auf einmal. Ich glaube, ich sehe ein Einhorn. Oder das Ungeheuer von Loch Ness. Vielleicht beides, wer weiß.»

Es folgt eine kleine Stille.

«Normalerweise fahren sie nicht zu zweit», sagt der Pförtner. «Das machen sie nur, weil es heute als gefährlich gilt.»

«Es gibt mindestens hundert von uns», sagt die Frau ohne Weste achselzuckend.

«Nicht allzu viele, aber einige.»

«Viel Glück», sagt der Pförtner.

Die Frauen entfernen sich.

Jetzt bin ich mit dem Pförtner allein. Zurück in der vertrauten Welt. Ich fühle mich genötigt zu hoffen, dass er mich attraktiv findet, und ärgere mich über ihn, als wäre er für dieses Gefühl verantwortlich, und ohne es zu merken, bin ich schon dabei, den Reißverschluss am Regenmantel meines Mannes aufzuziehen und die Kapuze nach hinten zu schieben, wie eines dieser Affenweibchen, bei denen der Eisprung kein Geheimnis ist. Ich suche, stelle ich mir vor, zu diesem Mann zu sagen, einen Ehering. Oh, sagt er, Ringe sucht ihr doch alle.

Es war kein Ring da. Aber heute, erinnere ich mich, hast

du ein Einhorn gesehen. Immerhin. Es geht sowieso nur darum, sich zu beschäftigen. Wir können uns einfach einen anderen Ring kaufen. Warum sind wir nicht längst darauf gekommen? Der alte hat vielleicht dreihundert Dollar gekostet. Wir könnten uns einen neuen kaufen, was ist denn schon dabei, nicht nötig, zu denken, er bedeute etwas, was er nicht bedeutet, auch wenn es was Schönes bedeuten würde, ihn wiederzuhaben, denke ich im Stillen, während ich einen einladenden leeren Tisch in der hinteren Ecke eines Peruanischen Hähnchengrills entdecke, wo ich Pommes frites bestelle. Manche Leute retten ihre Ehen – nicht, dass unsere Ehe gerettet werden müsste, nicht, dass sie in Gefahr wäre, man lässt sich ja schließlich nicht vom semantisch leeren Verlust eines Rings verführen, rufe ich mir in Erinnerung –, indem sie sich gemeinsam in Abenteuer stürzen. Wir könnten einen Coup landen. Ich und Boo. Boo und … klar, wir hätten irgendwelche Namen à la Bonnie und Clyde, nur unter uns. Wir könnten einen UPS-Transporter voller iPhones überfallen. Irgendwo auf einem ländlichen Lieferweg. Die Schusswaffen bräuchten ja nicht echt zu sein, absolut nicht. Und danach könnten wir in ein anderes Land ziehen. Ein teures und kaltes Land, wo niemand uns suchen kommt und wo die Leute ihre Türen offen lassen, weil der Reichtum so gerecht verteilt ist. Das ist nicht meine Art von Tagtraum, denke ich. Das ist nicht meine Träumerei. Es ist die von jemand anderem. Vielleicht ist das auch gut so. Ich selbst war nie ein Walter Mitty. Obwohl ich mich regelmäßig in diesen Typ verliebt und ihn beneidet habe. Aber ein Walter Mitty kann nicht mit einem Walter Mitty verheiratet sein. Es funktioniert nicht. Das zulässige Maximum ist ein Walter Mitty pro Haushalt. So läuft es nun einmal.

«Warum ist dein Telefon ausgestellt? Wo warst du?»

Stunden müssen vergangen sein. Boo ist wieder zu Hause. Draußen ist es dunkel.

«Ich hatte Angst», sage ich. «Ich bekam unheimliche Anrufe. Tut mir leid. Tut mir wirklich leid.»

Geöffnete Post liegt auf dem Tisch.

Boo sagt: «Schau, ich weiß, es gibt etwas Wichtiges, was du mir nicht gesagt hast.»

Mein Körper scheint das Klima zu wechseln. Das muss der atmungsinaktive Regenmantel sein.

«Ich weiß, dass du Angst hast», sagt er. «Ich weiß, dass du vor vielen Dingen Angst hast. Ich will dich nicht erwischen. Ich habe das Erwischen satt. Ich will kein Erwischer sein. Ich will es einfach gesagt bekommen. Sag mir einfach, was du mir verheimlicht hast. Das könnte ein guter Tag für uns sein. Du könntest es mir sagen, und ich bekäme das Gefühl, dir wieder mehr vertrauen zu können, weil ich wüsste, dass du mir Dinge sagen kannst, auch wenn es Angst macht und schwierig zu sagen ist.»

Ich sehe, dass neben der Post ein voller Schuhkarton mit meinen Papieren auf dem Tisch steht. «Ich war nur draußen», höre ich mich sagen. Hat das etwas mit diesem Anrufer zu tun, der geliefert haben wollte? «Ich war einfach einsam im Haus, und ich fand es unheimlich, darum bin ich rausgegangen», fahre ich fort. «Ich habe einen Salat gegessen. Ich meine, es passiert so viel an einem Tag. Ich meine, man kann sich immer mehr erzählen. Aber ich wüsste nichts, was ich ein Geheimnis nennen würde.»

Dann entsteht eine lange Pause. Es ist, denke ich, als hätte ich etwas enorm Anstößiges gesagt, als hätte ich *ihn* das Ungeheuer von Loch Ness genannt oder ein Einhorn. Dabei ist er doch mein Einhorn. Ich hatte vergessen, dass ich das früher immer gesagt hatte; so hatte ich mich gefühlt, als ich mich in ihn verliebte, als hätte ich ein Fabelwesen gefunden. Er war weniger praktisch damals, eher verträumt. Er hatte einen alten Gürtel mit einem kleinen Pony darauf. Das Pony stand dauernd auf dem Kopf.

«Bitte», sagt er. «Ich frage dich, so nett ich kann. Ist da nicht etwas, was du mir sagen willst?»

«Ich bin rausgegangen und habe den Ring gesucht», sage ich. «Das wollte ich dir erzählen. Ich habe ihn nicht gefunden. Aber ich habe ihn gesucht. Wir sollten einfach einen anderen kaufen.»

«Hier ist ein Abfindungsscheck für dich gekommen», sagt er. «Genau genommen habe ich drei von deinen Abfindungsschecks gefunden.»

«Wie seltsam», sage ich.

«Natürlich wurde keiner eingelöst.»

Das Einhorn hat plötzlich eine Menge zu sagen. Warum habe ich ihm nicht einfach erzählen können, dass ich gefeuert worden bin?, sagt er. Oder etwas Ähnliches. Ich weiß wirklich und wahrhaftig und ganz ehrlich nicht, wovon er redet. Ich sage, dass ich gesagt habe, ich hätte gekündigt, weil ich gekündigt hatte. Ich erinnere mich wirklich, dieses Wort, «ersuchen», gebraucht zu haben, um meine Kündigung einzureichen. Und es habe in letzter Zeit viele Irrläufer bei der Post gegeben, sage ich. Auch Irrläufer bei Anrufen. Ich hätte vorgehabt, ihn darauf hinzuweisen.

Er sagt, dass viele Menschen lügen, aber warum erzählte ich Lügen, die mir nicht mal halfen? Das sei doch verdammt seltsam, sagt er. Auch etwas über die Miete und über die Krankenversicherung. «Aber das alles kümmert mich im Grunde nicht so sehr», sagt er. «Mir geht es nur darum, dass du, selbst wenn du hier mit mir im Zimmer sitzt, nicht anwesend bist. Selbst wenn du hier bist, bist du nicht da. Du schwebst einfach in den Wolken. Geh wieder raus, und es wird sich nichts ändern: Du bist irgendwo anders, und ich bin hier allein ...» So geht es wohl eine ganze Weile. Anschuldigungen. Analysen. Ich verspüre eine Art Glücksgefühl, scheu, aber angekommen. Ein schwaches, flüchtiges Lächeln vor dem Erschießungskommando. Meine ganze vage und wechselhafte Selbstverachtung läuft stromlinienförmig auf klar umrissene Verfehlungen hinaus. Dieser Prozess – er kommt mir so kantig und eigen vor. So liebenswert. Liebenswert zumindest für mich. Am Ende bin ich vielleicht der Träumer in unserer Beziehung. Vielleicht bin ich der Mann.

DIE REGION DER UNÄHNLICHKEIT

Manche würden Jacob als Physiker betrachten, andere könnten behaupten, er sei ein Philosoph oder schlicht ein «Zeitexperte», ich aber denke eher mit weniger Ehrfurcht an ihn. Doch ohne Hass. Ilan pflegte Jacob «meinen Cousin aus Außer-Schwaben» zu nennen. Dieser obskure kleine Witz, den ich Ilan öfter machen hörte, wahrscheinlich ohne zu begreifen, wie oft er ihn früher schon gemacht hatte, schien mir immer auf eine entfernte Blutsverwandtschaft zwischen den beiden hinzudeuten. Ich hatte (damals) wohl das Gefühl, Jacob und Ilan seien so etwas wie Cousins um mehrere Ecken. Aber später glaubte ich dann, zumindest zeitweise, dass Ilans Bemerkung in Wirklichkeit eine Irreführung und zugleich eine Art Schlüssel war, ein Hinweis auf ein ungeheures Geheimnis, in das sie mich nie einweihen würden. Kein dumpfes persönliches Geheimnis wie eine Affäre oder ein kleines Verbrechen oder, sagen wir, ein fehlender Hoden – sondern ein wissenschaftliches Geheimnis, eines jener seltenen Geheimnisse, die uns in unserer heutigen Zeit noch niederknien lassen.

Ich lernte Ilan und Jacob zufällig kennen. Sie saßen am Tisch neben mir in einem kleinen marokkanischen Café auf der Upper West Side und diskutierten zu laut über *Wuthering Heights*, genau die Sorte von anspielungsreichem Gespräch, die ihre Wirkung auf mich unglücklicherweise nie verfehlt. Jacob sah aus wie um die fünfundvierzig; er war übergewichtig, mampfte unentwegt dieses unappetitliche blattförmige grüne Gebäck und sagte ständig «offensichtlich». Ilan sah gut aus und meinte, Heathcliffs Tragödie bestehe darin, dass er im Grunde, wegen seiner fehlenden Besitzrechte, eine Frau sei. Jacob schwärmte daraufhin von Catherines Erklärung «Ich bin Heathcliff». Etwas über Leidenschaft wurde gesagt. Und über Gräber aufgraben. Ein bärtiger junger Mann neben ihnen wechselte an einen entfernteren Tisch. Jacob und Ilan redeten weiter, unbeeindruckt, priesen Brontë, und an einer Stelle fügte Ilan hinzu: «Aber da Jane Austen für gewöhnlich die Alibifrau in den Lehrplänen der Uni ist, kann man ja verstehen, dass die Normalbegabten der unteren Semester es schwer haben, die Vorstellung abzuschütteln, Frauen seien Schwachköpfe, nur von der Angst getrieben, dass ein Mann vielleicht nicht so reich ist, wie er scheint.»

Nicht unbedingt freundlich warf ich etwas ein. Ilan lachte. Jacob schliff Ilans Aussage auf «Hetero-Frauen» zurecht. Dann auf Hetero-Frauen «in der abendländischen Tradition». Dann redeten wir lange zu dritt. Das war nicht meine Absicht gewesen. Aber Ilan hatte etwas an sich – der manische, zartbesaitete, hibbelige Frauenheld (stellte ich mir vor) Ilan –, was zugleich wie erlesener Kaffee und schmierige bunte Flyer war. Er hatte, mir unverwandt in die Augen schauend, eine Menge über meine Lektüre der *New York Post* zu sagen, die er als Zeichen einer hochsatirischen, jedoch volkstümlich moralischen Intelligenz interpretierte. Jacob nickte. Ich ließ mir die Schmeichelei direkt zu Herzen gehen, obwohl ich die

Post gar nicht gelesen hatte; sie war nur von einem früheren Gast auf meinem Tisch liegen geblieben. Ilan nannte *Post*-Journalisten naive Nabokovs. Ja, sagte ich. Die Schlagzeile, erinnere ich mich, hieß «Achse der Feiglinge». Irgendwie führte das dazu, dass Jacob etwas Vages über Proust und Gewalt und Wahrnehmung sagte.

«Jacob ist ein Rüpel, stimmt's?», sagte Ilan. Oder vielleicht sagte er «nicht übel» und ich hörte «Rüpel», weil Ilans Art zu reden mir so antiquiert erschien. Ich hatte damals so wenig, was meinen Stolz aufbaute. Ich hielt Tutorien und schlug mich einsam durch den Master in Bauingenieurwesen, wobei die größte Freude für mich darin bestand, stillschweigend zu versuchen, die Jungen – sie spielten immer noch Videospiele – in meinen Kursen zu übertreffen. Ich begann, jeden Tag in das Café zu gehen.

Alle meine Bekannten schienen meine neuen Gefährten arrogant und armselig zu finden, aber sooft sie mich anriefen, rannte ich hin. Ilan und Jacob waren beide mindestens zwanzig Jahre älter als ich, und sie nannten sich Philosophen, obwohl nur Jacob eine akademische Stellung innezuhaben schien und womöglich eine unsichere, das wusste ich nicht so genau. Ich war froh, mich um solche Dinge nicht zu kümmern. Jacob hatte auch eine Frau und eine Tochter, die ich allerdings nie kennenlernte. Wir waren immer nur zu dritt. Wir trafen uns, und Ilan ließ sich über Heidegger und «Geworfenheit» oder über Will Ferrell aus, und Jacob fand irgendwas dagegen einzuwenden, und ich hörte meistens einfach nur zu, aß Baklava und trank jede Menge Kaffee. Dann machten wir einen langen Spaziergang, in dessen Verlauf Ilan ein Argument zur Verteidigung, sagen wir, faschistischer Architektur vorbringen mochte, worauf Jacob etwas über das Glatte und das Gekerbte sagte, und wenn ein hübsches Mädchen vorbeiging, redeten sie lange über ihre Aufmachung. Jacob und Ilan hatten immer etwas zu sagen, was mir den falschen Eindruck verschaffte, ich hätte es auch.

Abends gingen wir ins Kino, aßen in einem überteuerten Restaurant oder lungerten in Ilans geräumiger und seltsam vernachlässigter Wohnung herum. Er hatte kein Bettgestell, an den Wänden hing nichts, und in seinem Bad war außer einer Mini-TWA-Zahnbürste nur ein einziges weißes Handtuch. Aber er besaß Zweihundert-Dollar-Lederhandschuhe. Eines Tages, als ich mit den beiden shoppen ging, kaufte ich mir einen einfachen gestreiften Pulli für so viel Geld, dass ich die ganze Nacht nicht schlafen konnte.

Nichts von diesem Verhalten – der Schlendrian, das Glücklichsein, die Unterwürfigkeit, sogar die Großkotzigkeit –, nichts davon «sah mir ähnlich». Ich war es gewohnt, einen Tagesplaner zu benutzen und allein zu Mittag zu essen, in fünfzehn Minuten; ich kaufte meine Socken an Straßenständen. Aber wenn ich mit ihnen zusammen war, fühlte ich mich, nun ja, wie ein Mädchen. Oder wie «das Mädchen». Ich sah uns von außen und erkannte, dass ich auf eine altmodische, vielleicht sogar erniedrigende Weise der Kumpel war, das Maskottchen, die Dekoration; es war aufregend. Und es schadete auch nicht, dass Ilan mit seinem Lob so großzügig war. Ich reparierte seine tropfende Dusche, und er erklärte mich zu einem Genie. Desgleichen, als ich Zitronenhühnchen kochte. Und als ich zu meinen Jeans orangefarbene Socken trug, küsste er mir die Füße. Jacob ermahnte ihn, sich würdevoller zu benehmen.

Nicht dass Jacob auf die ihm eigene abstruse und sonderbare Art nicht auch liebenswert gewesen wäre. Ich bewunderte, wie viel er las – wahrscheinlich mehr als Ilan, bestimmt mehr als ich (das machte er so klar, wie er nur konnte) –, aber Jacob kam mir pedantisch vor, und ich dachte, es stünde ihm gut an, sein Hemd ein paar Knöpfe höher zuzuknöpfen. Einmal waren wir alle im Kino – ich hatte mir eine Limo für vier Dollar gekauft –, und Jacob und ich warteten wortlos darauf, dass Ilan von der Toilette wiederkam. Es fühlte sich wie ein sehr langes Warten an. Ich musste mehrmals die Hand wechseln, in der ich die Limo hielt, weil der gewachste Becher so kalt war. «Er braucht ja ewig», sagte ich achselzuckend, nur um das seltsame Schweigen zwischen uns zu brechen.

«Weißt du, was man über die Zeit sagt?», meinte Jacob träge. «Zeit ist, was geschieht, wenn sonst nichts geschieht.»

«Okay», sagte ich. Das Einzige, was mir einfiel, war der alte Witz über die fliegende Zeit und die Fruchtfliegen – *time flies like an arrow, fruit flies like a banana*. Ich brachte ihn nicht über die Lippen. Es war, als könnten wir ohne Ilan nicht einmal ein Scheingespräch führen.

Trotzdem gab es, das muss ich zugeben, Dinge an Ilan (insbesondere), bei denen ich mich nicht so gut fühlte. Einmal zum Beispiel dachte ich, er ziele mit einer Pistole auf mich, aber sie entpuppte sich nur als erstaunlich echt wirkende Attrappe. Hin und wieder, wenn er mir etwas zu trinken einschenkte, behauptete er, er versuche, mich zu vergiften. An einem Abend wurde mir tatsächlich sehr übel, und ich war richtig verunsichert. Ein andermal – vielleicht das einzige Mal, dass Jacob nicht bei uns war; er sagte, seine Tochter habe Blinddarmentzündung – lagen Ilan und ich auf seiner Matratze und sahen fern. Jahrelang hatte Fernsehen mir ein ekelhaftes Gefühl von Zügellosigkeit eingeflößt, aber jetzt fand ich es plötzlich toll. An diesem Abend nahm Ilan meine Hand und begann müßig meine Finger zu küssen, und ich fühlte mich – also ja, allein dafür wäre ich bereit gewesen, den Rest meines Lebens zu geben. Dann stand er auf und schaltete den Fernseher aus. Dann schlief er ein, und mit dem Handküssen war es ein für alle Mal vorbei.

Ilan nannte mich häufig seine verstaubte Bibliothekarin. Und einmal nannte er mich seine Inner-Schwäbin, was er furchtbar komisch fand – warum, schien selbst Jacob nicht zu verstehen. Ilan machte viele Witze, die ich nicht verstand. Aber er hatte dieses schöne Gesicht, und die Hose saß einfach genau richtig, und er liebte es, Jacob darüber zu belehren, wie schlau ich sei, nachdem ich, sagen wir, nervös meine Serviette auf eine Weise gefaltet hatte, die er bezaubernd fand. Ich konnte absolut nichts arbeiten, während ich mit diesen Typen befreundet war. Auch kaum etwas lesen. Was ich sagen will, ist, dass es die glücklichsten Tage meines ganzen Lebens waren.

Dann fiel unsere Runde auseinander. Ich hörte einfach nichts mehr von ihnen. Ilan rief mich nicht zurück. Ich wartete und wartete. Aber ich ging erstaunlich souverän mit der Sache um. Ich nahm an, dass Ilan schlicht und einfach ein Ersatzmaskottchen gefunden hatte. Und dass Jacob – auf seine Art in Ilan verliebt – den Austausch eines Mädchens gegen ein anderes kaum registrierte. Plötzlich schien es mir ein Rätsel, wieso ich je Lust gehabt hatte, mit ihnen zusammen zu sein. Ilan war nur ein charmanter Papagei. Und Jacob der Papagei des Papageien. Und wenn Jacob tatsächlich verheiratet war und ein Kind hatte, war es dann nicht höchste Zeit, dass er erwachsen wurde und seine Tage wie ein verantwortlicher Mensch verbrachte? So jedenfalls sah der wirre Haufen meiner Gedanken aus. Einige Monate vergingen, und ich hatte mich fast davon überzeugt, dass ich froh sei, wieder allein zu sein. Ich übernahm weitere Tutorien.

Dann, eines Tages, stieß ich zufällig (gut, nicht ganz zufällig; ich suchte unsere alten Plätze heim wie die meisten unerlösten Geister) auf Jacob.

Für die Dauer von zwei Eistees saß Jacob neben mir und stellte immer wieder klar, er habe leider überhaupt keine Zeit, er müsse wirklich gehen. Wir plauderten über dies und jenes und über die geschmacklose, aber gruselige Werbekampagne für ein B-Movie mit dem Titel *Silent Hill* (das Plakat zeigte ein in jeder Hinsicht normales Kind, außer dass der Mund fehlte), und Jacob ließ sich endlos darüber aus, wie sehr irgendein prominenter Philosoph ihn bewundere und wie zutiefst ungegenseitig dieses Gefühl sei, und über die Last unerwünschter Liebe, bis ich schließlich, während mir das Herz bis zum Halse schlug, fragte: «Und wie geht's Ilan?»

Jacobs Gesicht wurde sprichwörtlich weiß wie die Wand. Ich glaube, so hatte ich das noch bei niemandem gesehen. «Ich soll es dir nicht erzählen», sagte er.

Nichts zu sagen schien mir die beste Aussicht zu sein, die Fassung zu bewahren.

«Ich will dich nicht verletzen», fuhr Jacob fort. «Ich bin mir sicher, Ilan hätte das auch nicht gewollt.»

Nach einer langen Pause sagte ich: «Jacob, ich bin nicht irgendeine katastrophale Heldin.» Es war eine schlechte Imitation von etwas, was Ilan gesagt haben könnte. «Erzähl es mir einfach.»

«Nun gut, so denn. Er ist gestorben.»

«Was?»

«Er hatte, nun ja, so ist es, also, er hatte Magenkrebs. Nicht operierbar, offensichtlich. Er hat es verheimlicht. Hat es nur der Familie gesagt.»

Ich erinnerte mich an den Spruch vom Cousin aus Außer-Schwaben. Außerdem war ich mir sicher – irgendwie vollkommen sicher –, dass ich belogen wurde. Dass Ilan in Wahrheit noch am Leben war. Nur meiner überdrüssig. Oder sonst was. «Er ist nicht tot», sagte ich, während ich das schleichende Gefühl der Erniedrigung, das sich an meiner Leberpforte sammelte, zu leugnen versuchte.

«Also, das ist aber sehr schäbig», sagte Jacob rundheraus. «Ich habe plötzlich das Gefühl, dass mein einziger Zweck auf Erden darin besteht, dir das Neueste von Ilan zu erzählen – als wäre das meine höchste und dringendste Mission. Hier bin ich, gescheitert, und doch fühle ich mich noch immer so, als wäre dieser Job irgendwie mein tiefstes Wesen, das, was ich eigentlich –»

«Warum redest du so?», unterbrach ich ihn. Während unserer ganzen Zeit zusammen hatte ich dergleichen nie von Jacob (oder Ilan) erwartet.

«Du stehst unter Schock –»

«Was macht Ilan überhaupt?», fragte ich, beschämt vor allem über diese Art von Unwissen. «Kommt er aus reichem Hause? Woran hat er gearbeitet? Ich habe es nie verstanden. Er kam mir immer vor wie ein gestrandeter Zeitreisender, aus einer Epoche, als es noch genügte, einfach nur gut in Konversation zu sein –»

«Zeitreisender. Komisch, dass du das sagst.» Jacob schüttete eine Extraportion Zucker in den Bodensatz seines Eistees und schlürfte ihn. «Vielleicht hatte Ilan ja recht mit dir.

Obwohl ich, ehrlich, nie etwas davon erkennen konnte. Nun ja, ich muss jetzt wirklich los.»

«Warum musst du alles so verdunkeln?», fragte ich. «Warum kannst du nicht einfach aufrichtig sein?»

«Aufrichtig. Ha. Wir sollten die gesellschaftlichen Verhältnisse nicht schönreden, indem wir Aufrichtigkeit als einen Grundwert hochhalten», sagte er künstlich zerstreut und rührte mit dem Strohhalm in den Eisresten. «Wer man wirklich ist – ein sehr bürgerlicher Mythos, das. Offensichtlich eine Angst vor sozialer Mobilität.»

Ich hätte heulen können, so vergeblich waren meine Versuche, dieses Gespräch unter Kontrolle zu bringen. Mag sein, dass Jacob es bemerkte. Am Ende sagte er, mich direkt anschauend, in einem sanfteren Ton: «Tut mir wirklich sehr leid, dass du es auf diese Weise gehört hast.» Er tätschelte mir die Hand in scheinbar echtem Bemühen, zärtlich zu sein. «Ich hoffe, ich kann es beizeiten wiedergutmachen. Aber hör zu, Süße, jetzt muss ich wirklich gehen. Ich muss meine Frau vom Zahnarzt abholen und mein Kind von der Schule … da hast du es, so ist das Leben. Ich würde dir raten, ernsthaft darüber nachzudenken, es zu meiden – das Leben, meine ich –, vollends. Ich rufe dich an. Im Lauf der Woche. Versprochen.»

Er ging, ohne zu bezahlen.

Er hatte mich noch nie Süße genannt. Und er hatte noch nie so offen zum Ausdruck gebracht, dass ich seiner Meinung nach kein Leben hatte. Er rief mich weder in dieser noch in der nächsten oder übernächsten Woche an. Was auch in Ordnung war. Vielleicht hatten Jacob und ich uns in Wahrheit noch nie leiden können.

Ich fand keine Todesanzeige für Ilan. Wenn es mir gelungen wäre, die geringste offizielle Spur von ihm zu finden, hätte ich mich wohl trösten können. Aber er war so vollständig verschwunden, dass es wie ein Trick erschien. Was Hinweise betrifft, so begann ich die *New York Post* zu lesen. Ich erfuhr, dass Profi-Ringer rätselhaft jung sterben, dass Baseballspieler und Politiker eine Neigung zu Mätressen haben und dass es einem lokalen Erzbischof, der sich beim Skifahren verletzt hatte, jetzt alles in allem wieder gutging. Auch mir ging es gut, in dem Sinne, dass ich jeden Morgen aus dem Bett aufstand, eine Stunde walken ging, dann weiter in die Bibliothek und an Übungsblättern arbeitete, Tee trank, Joghurt, Bananen und Falafel aß, den Umgang mit Menschen mied, mir einen Film auslieh und einschlief, während ich ihn anschaute.

Eines Nachmittags – es war Februar – lag ein an Ilan adressierter Brief in meinem Briefkasten. Das passierte nicht zum ersten Mal; Ilan hatte oft, ohne Erklärung, Post an meine Adresse schicken lassen, eine Gewohnheit, hinter der ich ein Versteckspiel mit Inkassounternehmen vermutet hatte. Aber dieser Umschlag war per Hand adressiert.

Innen fand ich ein einziges Blatt Papier mit einem komplizierten Diagramm in Ilans Handschrift: Billardkugeln, Tunnel und Gleichungen, dazu jede Menge Griechisch. Darunter stand, ziemlich platt: «Jacob weiß Bescheid.»

Das stieß mir wie ein dummer falscher Hinweis auf – einer, von dem ich mir vorstellte, Jacob habe ihn selber geschickt. Ich glaubte, es bedeute nichts. Aber. Mein Gesicht errötete, mein Herz flatterte, und ich fühlte mich wie eine blühende Prunkwinde.

Ich ließ meine Würde Würde sein und rief Jacob an.

Ohne ihm den Grund zu sagen, in der Annahme, er wisse Bescheid, fragte ich, ob wir uns zum Mittagessen treffen könnten. Er entschuldigte sich mit Meine-Frau-dies, Meine-Tochter-jenes; ich bestand darauf, dass ich mich dafür bedanken wolle, wie nett er immer zu mir gewesen sei, schlug ein teures, geschmacklos mondänes Restaurant downtown vor und sagte, er sei eingeladen. Erneut sagte er nein.

Mit diesem Spiel hatte ich nicht gerechnet.

«Ich habe etwas von Ilan», gab ich schließlich zu.

«Schön für dich», sagte er, und nichts an seinem Ton verriet etwas außer Kälte.

«Ich meine Arbeit. Gleichungen. Und etwas, was wie Billardkugel-Diagramme aussieht. Ich weiß wirklich nicht, was es sein soll. Aber, tja, ich hatte so ein Gefühl, du wüsstest es vielleicht.» Ich wusste nicht, was ich verschweigen sollte, aber wie es schien, sollte ich etwas verschweigen. «Es könnte wichtig sein.»

«Riecht es nach Ilan?»

«Ich meine, du solltest es sehen.»

«Hör zu, ich gehe mit dir essen, wenn es dich glücklich macht, aber sei nicht so dumm zu glauben, du wärst da auf einen Schnipsel Genialität gestoßen. Du solltest wissen, dass Ilan dein Interesse für ihn lächerlich fand und dass sein wahres Talent darin bestand, andere glauben zu machen, er sei schlauer, als er war. Was schon ein ziemliches Talent ist, das will ich nicht bestreiten. Aber abgesehen davon hatte er die einzigen schlauen Ideen, die aus seinem Mund kamen, von anderen geklaut, gewöhnlich von mir, was denn auch der Grund war, weshalb fast jeder, nur du offensichtlich nicht, lieber mit mir –»

Das «wirkliche» Leben schien Jacob zugesetzt zu haben.

Zur verabredeten Zeit am verabredeten Ort, Ilans Gekritzel in der Hand, wartete und wartete ich auf ihn. Ich bestellte mehrere Gänge, aß jedoch nur eine kleine Beilage salziger Gurken. Jacob erschien nicht. Vielleicht war er doch nicht der Urheber des Briefs. Oder er hatte die Lust verloren, seinen Witz, was auch immer das für einer sein mochte, weiter zu verfolgen.

Ein wenig Detektivarbeit meinerseits brachte zutage, dass Ilans Diagramme etwas mit einer Idee zu tun hatten, mit der im Science-Fiction-Bereich oft gespielt wird, einem Kausalitätsproblem bei Zeitreisen, das als Großvater-Paradoxon bekannt ist. In einfachen Worten ist das Paradoxon Folgendes: Wenn Reisen in die Vergangenheit möglich sind – und vieles in der Physik legt dies nahe –, was passiert dann, wenn du in der Zeit zurückreist, um deinen Großvater zu ermorden? Wenn es dir gelingt, wirst du niemals geboren werden, folglich wirst du deinen Großvater nicht ermorden, was wiederum zur Folge hat, dass du geboren wirst und die Möglichkeit bekommst, ihn zu ermorden, *et cetera ad paradox.* Ilans Billardkugel-Diagramme schlossen an eine Tradition an (die grundlegende Arbeit hatten Feynman und Wheeler 1949 mit ihrer fortgeschrittenen Absorbertheorie geliefert), eine vereinfachte Version des Paradoxons mathematisch zu analysieren: Stell dir vor, eine Billardkugel verschwindet in einem Wurmloch und taucht fünf Minuten rückwärts in der Vergangenheit wieder auf, um ihr früheres Selbst aus jener Bahn zu stoßen, die es ursprünglich in das Wurmloch befördert hatte. Das Überraschende an den mathematischen Lösungen des Billardkugel-Wurmloch-Szenarios ist, dass sie – genau wie ein realer Kreis kein Quadrat ergeben kann und real sich bewegende Materie nicht die Barriere der Lichtgeschwindigkeit durchbricht – die Vorstellung zu bestätigen scheinen, dass reale Lösungen keine Großvater-Paradoxa generieren. Der Haken ist nur, dass manche dieser Lösungen außerordentlich merkwürdig sind und ein äußerst unwahrscheinliches, aber nicht unmögliches Verhalten der Kugeln implizieren. Die Kugel mag quantentunneln oder entzweibrechen oder ihr früheres Selbst in exakt so einem Winkel treffen, dass es auf eine Weise in das Wurmloch eintritt, die noch unwahrscheinlichere Dinge auslöst. Aber die Kugel wird und kann ihr früheres Selbst nicht auf eine Weise treffen, die in Widerspruch zur Bahn ihres gegenwärtigen Selbst steht. Die Mathematik erlaubt es einfach nicht. Daher kein Paradoxon. Science-Fiction-Schreiber sind zu analogen Lösungen für das Großvater-Paradoxon gelangt: Mörderischen Enkelkindern kommt unvermeidlich etwas in die Quere – defekte Pistolen, schlüpfrige Bananenschalen, ihr eigenes Gewissen –, ehe die unmögliche Tat ausgeführt werden kann.

Ehrlich, ich war überrascht, dass Ilan – wenn es denn Ilan war – überhaupt etwas von Mathe verstand. Er hatte gar nicht so gewirkt.

Vielleicht war ich auch überrascht, dass ich so viele Tage damit verbracht hatte, diesen Zettel verstehen zu wollen. Ich hatte anderes zu tun. Wäsche. Arbeit. Ich besuchte einen Extrakurs in Materialkunde. Ich kann nicht behaupten, nicht die Hoffnung gehegt zu haben, am Ende – aus eigener Kraft – irgendeine wichtige Entdeckung zu machen. Ich weiß nicht, wie buchstäblich ich glaubte, das würde mir Ilan zurückbringen. Aber das Bild, das sich mir aufdrängte, war, ja, es war das vom Aufgraben eines Grabes.

Irgendwie wollte ich Jacob anrufen, nur um ihm zu sagen, dass er mich nicht verletzt hatte, indem er mich versetzte, dass ich seine Hilfe ebenso wenig brauchte wie seine Gesellschaft oder sonst etwas.

Die Zeit verging. Dann, eines Donnerstags – es war August – stieß ich auf zwei (beißend abschätzige) Rezensionen eines Buchs von Jacob mit dem Titel *Zeiten und Verfehlungen*. Ich war erstaunt, dass er überhaupt etwas abgeschlossen hatte. Und frustriert, dass das «Großvater-Paradoxon» nicht im Register auftauchte. Der Titel schien es mir zu beinhalten, obwohl das bedeutete, ihn verkehrt zu lesen, als Literatur. Doch der Titel lud offensichtlich zu dieser Art von «Verkehrtheit» ein. Was ich ärgerlich und zweideutig, eben typisch Jacob, fand. Ich kaufte das Buch, aber in einem kleinen Ringen um Würde las ich es nicht.

Am folgenden Montag, zum ersten Mal in seinem Leben, rief Jacob mich an. Er sagte, er würde gern etwas ziemlich Heikles mit mir besprechen, etwas, was er lieber nicht am Telefon sagen wolle. «Worum geht es?», fragte ich.

«Können wir uns treffen?», fragte er.

«Aber worum geht es?»

«Um wie viel Uhr können wir uns treffen?»

Ich lehnte seine ersten drei Vorschläge ab, weil ich konnte. Schließlich schlug er vor, uns, egal um welche Zeit, in dem marokkanischen Lokal zu treffen, wann immer ich wolle, am selben Tag oder am nächsten, aber dringend, bitte nicht weiter in der Zukunft.

«Du meinst das Lokal, wo ich Ilan kennengelernt habe?» Das rutschte mir einfach so heraus.

«Und mich. Ja. Dort.»

In Vorbereitung auf unser Treffen las ich die Verrisse von Jacobs Buch noch einmal durch.

Und war so glücklich.

Wie vorauszusehen, war es dasselbe Café, aber irgendwie doch nicht ganz dasselbe. Jemand, nicht ich, las die *New York Post*. Jemand, nicht Ilan, las Deleuze. Dank der Mode waren die kurzen Hosen vieler Frauen kürzer geworden, und meine Limo wurde mit Slush-Eis statt Eiswürfeln gebracht. Aber die Stühle waren noch immer mit abblätternder roter Farbe herausgeputzt, und die Fliesen am Boden schienen, wie eh und je, ein regelmäßiges Muster knapp zu verfehlen. Jacob kam nur ein paar Minuten zu spät herein, sein Blick gefangen von einem Paar nackter Beine nach dem anderen. Mit einem Gesicht, als lutschte er ein scheußliches Hustenbonbon, kämpfte er sich zu mir durch.

Ich erbot mein aufrichtigstes Beileid wegen der schlechten Kritiken seines Buchs.

«Oh, die Zeit wird es lehren», sagte er. Offenbar fühlte er sich unwohl, rührte nicht einmal das grüne Blattgebäck an, das ich für ihn bestellt hatte. Seufzend, die Hand fest um die Tischkante geklammert und mit abgewandtem Blick, sagte er: «Weißt du, was Augustinus über die Zeit sagt? Er beschreibt die Zeit als Symptom einer aus der Ordnung gefallenen Welt, als Symptom von Dingen in der Welt, die nicht sie selbst sind, die erst wieder zu sich finden müssen, indem sie sich durch die Zeit bewegen –»

Irgendwie war mir das Gespräch schon entglitten. Keine Billardkugel-Diagramme. Kein Ilan. Keine Rezensionen. Beinahe so, als wäre ich nicht da, setzte Jacob den Alleingang seiner Grübeleien fort. «Das ist paradox, natürlich, denn was können Dinge sein, wenn nicht sie selbst? Augustinus zufolge leben wir in dem, was er die Region der Unähnlichkeit nennt, und derjenige, dem wir unähnlich sind, ist Gott. Wir sind fern von Gott, der reines Sein ist, der ist, der er ist, der außerhalb der Zeit ist. Zeit ist unsere Tragödie, jene Substanz, die wir durchwaten müssen, wenn wir uns Gott zu nähern versuchen. Ins Meer fließende Flüsse, eine emporlodernde Flamme, ein heimkehrender Vogel: Solche Bewegungen sind Ausdruck des Sehnens aller Dinge, ihren wahren Zustand zu erreichen. Was uns Menschen betrifft, so spiegelt jegliche Bewegung unser Sehnen nach Gott, und alles, was wir durch die Zeit hindurch tun, entspringt der Bewegung – oder zumindest der angestrebten Bewegung – zu Gott hin. Auf dass wir» – jemand an einem Nebentisch räusperte sich missbilligend, sodass ich dachte, Ilan sei ebenfalls anwesend – «in unser wahres Selbst einkehren. Darin steckt also wieder ein Paradoxon, dass wir uns Gott ergeben müssen, wodurch auf trügerische Weise unterstellt wird, wir seien *nicht* wir selbst, um wir selbst zu werden. Wir können dieses Sehnen Liebe nennen, nur dass wir oft missverstehen, *was* wir lieben. Wir glauben, Sinnlichkeit zu lieben. Oder Bewunderung. Oder, sagen wir, einen anderen Menschen. Aber einen anderen Menschen zu lieben ist nur eine Verwechslung, ein Irrtum. Auch wenn es die Sorte Irrtum ist, die ein netter, vernünftiger Mensch begehen kann –»

Ich dachte plötzlich, Jacob sei womöglich manisch depressiv und vielleicht laufe außer seiner Karriere auch seine Ehe nicht so gut.

«Ich meine», korrigierte sich Jacob, «das ist natürlich alles Blödsinn, aber bin ich nicht großartig? Ist es nicht großartig, mit mir zu reden? Ich kann dir von der Zeit erzählen, und du lernst alles über die abendländische Kultur. Augustinus' Ideen sind schön, oder? Ich liebe diesen Gedanken, dass Bewegung etwas *über* etwas aussagt, dass Dinge einen Platz erreichen müssen und ein Mensch etwas werden muss, und was er werden muss, ist er selbst. Ist das nicht wunderbar?»

Jacob hatte noch nie dermaßen ähnlich geklungen wie Ilan. Es ging mir auf die Nerven. Vielleicht konnte Jacob direkt in meinem Herzen lesen und versuchte, mich zu beleidigen oder zu heilen. «Du hast mich doch früher nie angerufen», sagte ich. «Ich habe jede Menge Arbeit, weißt du.»

«Unsinn», sagte er, ohne klarzumachen, welche meiner Aussagen er damit abtat.

«Du sagtest, du wolltest etwas ‹Heikles› besprechen.»

Jacob kehrte zu Augustinus zurück; ich zu der Frage, weshalb wir beide hier und jetzt zusammensaßen. Wir spielten den Ball eine Weile hin und her, bis Jacob schließlich sagte: «Also, es geht um Ilan, was dir gefallen wird.»

«Um das Großvater-Paradoxon?», fragte ich voreilig.

«Man könnte es auch Vater-Paradoxon nennen. Oder gar Mutter-Paradoxon.»

«Ich glaube, so habe ich das noch nie gesehen, aber klar.» Mein Glücksgefühl hatte sich verflüchtigt; ich war wütend und fühlte mich manipuliert.

«Nicht nur um Ilan, sondern auch um meine Arbeit.» Dann begann Jacob zu flüstern. «Die Sache ist die, ich möchte dich bitten, zu versuchen, mich zu töten. Keine Sorge, ich kann dir versichern, dass es dir nicht gelingen wird. Aber durch den Versuch wirst du eine glorreiche, gemiedene Wahrheit beweisen, die das Wesen der Zeit, den freien Willen, Kausalschleifen und die Quantentheorie berührt. Wahrscheinlich wirst du auch ein paar von deinen Aggressionen gegen mich ausagieren können.»

Um ehrlich zu sein, durch den dünnen Nebel meiner Verachtung hindurch hatte ich Jacob immer um seinen Intellekt beneidet; insgeheim hatte ich ihn – trotz allem, was in den Rezensionen stand, oder teilweise vielleicht gerade deswegen – für ein seltenes Genie gehalten. Jetzt wurde mir bewusst, dass er einfach nur verrückt war.

«Ich weiß, was du denkst», sagte Jacob. «Leider kann ich dir hier und jetzt nicht alles erklären. Es ist psychisch zu schwierig. Für dich, meine ich. Hör zu, komm am Samstag rüber in meine Wohnung. Meine Familie ist übers Wochenende weg, dann erkläre ich dir alles. Du brauchst dich nicht zu beunruhigen. Du weißt vermutlich, dass ich meinen Job verloren habe» – ich hatte es nicht gewusst, aber ich hätte es mir denken können –, «diese Vollidioten, glaub mir, ihre Falschheit wird ans Licht kommen. Sie werden der letzte Dreck sein, Fliegen am Pferdearsch. Meine Ideen werden die Welt wie ein Koloss besteigen. Und du auch: Du wirst wesentlich sein.»

Ich versprach zu kommen, in der vollen Absicht, es nicht zu tun.

«Bitte», sagte er.

«Natürlich», sagte ich.

Den ganzen Rest der Woche versuchte ich meine Entscheidung sorgfältig zu überdenken, aber je mehr ich meine Gedanken organisieren wollte, umso aberwitziger fand ich es, sie überhaupt zu denken. Ich dachte: Ist es, unter Freunden, nicht meine Pflicht, herauszufinden, ob Jacob verrückt geworden ist? Aber eigentlich sind wir doch keine Freunde. Und wenn ich zu viel über seine Verrücktheit in Erfahrung bringe, wird er mich dann nicht vernichten, um sein psychotisches Weltbild aufrechtzuerhalten? Aber vielleicht sollte ich das Risiko eingehen, denn indem ich mich Jacob nähere – ob verrückt oder nicht –, kann ich etwas mehr über Ilan erfahren. Aber was nützt es mir, überhaupt etwas zu erfahren? Und sind meine Vorstellungen eigentlich folgerichtig? Vielleicht wird mein *Nicht-Hingehen* zur Folge haben, dass Jacob mich vernichten muss, um sein Weltbild aufrechtzuerhalten. Vielleicht ist Jacob auch vollkommen klar im Kopf und einfach so gelangweilt, dass er mir einen seiner raffinierten Streiche spielen will. Oder vielleicht, obwohl es nie auch nur einen Funken sexueller Anziehung zwischen uns gegeben hat, obwohl wir sieben Stunden lang in einem Kämmerchen hätten eingeschlossen sein können und nichts passiert wäre, vielleicht hat Jacob es aus irgendeinem Grund darauf abgesehen, mich zu verführen. Aus nostalgischer Erinnerung an Ilan. Oder zum Trost für seinen Karriereknick. Hatte ich wirklich Lust, mich mit einem verzweifelten Mann herumzuschlagen?

Oder ließ ich mir auf meine verstaubte Art gerade die Gelegenheit entgehen, Teil einer Idee zu werden, die, wie Jacob gesagt hatte, «die Welt wie ein Koloss besteigen» würde?

Früh am Samstagmorgen stand ich tatsächlich klopfend an Jacobs halboffener Tür; das war der Moment, in dem meine Welt begann, mir fremd zu werden – fremd und doch vertraut, als wäre mir mein Schicksal einmal bekannt gewesen und ich hätte es nur unvollständig vergessen. Jacob rief mich herein.

Ich war noch nie in seiner Wohnung gewesen. Sie war winzig und roch nach Orangenschalen, und hinter einem Futon hing, unpassend wie sonst was, eine Kreidetafel; außerdem lagen so viele Haufen Papiere und Bücher herum, dass die

Wohnung eher dem Filmset einer Intellektuellenbude glich als dem wahren Jakob. Ich hatte einmal einen einundneunzigjährigen Großonkel besucht, der noch immer über Fruchtfliegen forschte und dessen Wohnung mit zahllosen von Hand zugestöpselten Gläsern voll geklonter Fruchtfliegen und heißen Platten für die Zubereitung einer Art Agar übersät war; daran erinnerte mich Jacobs Wohnung. Mir kamen Zweifel, ob es in Jacobs Leben wirklich eine Frau und ein Kind gab, wie er so oft behauptet hatte.

«Gott sei Dank, dass du gekommen bist», sagte Jacob, aus etwas auftauchend, was wie eine Einbauküche wirkte, aber ebenso gut nur eine Kammer sein mochte. «Ich wusste, dass man sich auf dich verlassen kann, wenigstens das.» Und dann, als läse er meine Gedanken: «Natasha schläft auf dem Hochbett, das wir für sie gebaut haben. Meine Frau und ich schlafen auf dem Futon. Obwohl, stimmt schon, sehr unterhaltsam ist das nicht. Aber kann ich dir etwas anbieten? Ich hätte da so einen Tee von einer meiner Studentinnen, was Besonderes aus Japan, in großer Höhe geerntet –»

«Tee, prima, ja», sagte ich. Zu meiner Überraschung war ich erleichtert, dass Jacobs Ego seiner elenden Umgebung recht gut standzuhalten schien. Ebenfalls zu meiner Überraschung empfand ich etwas Zärtliches für ihn. Und für den abgestandenen Zitrusgeruch.

Auf dem großen Tisch in der Mitte bemerkte ich ein Sammelsurium, das aussah wie die Überreste von Laborexperimenten eines Grundkurses in Physik: rostige Silberkugeln auf unterschiedlichen Schrägen, Heißluftballons, ein fleckiger Trichter, ein Messkolben, ein calciumbesprenkelter Bunsenbrenner, Eisenspäne und Schleifpapier, große Magnete und gelbe Batterien, wahrscheinlich einem chinesischen Einwanderer in der Subway abgekauft. Hatte ich das vage Gefühl, ein «seltsamer Reisender» könne auftauchen und beim Essen eines frischen Kaninchens «überspannte Geschichten» erzählen? Ja, das hatte ich. Ich war auch der Meinung, Jacobs Bitte, ihn umzubringen, sei einfach nur der altmodische Hilferuf eines Selbstmordkandidaten gewesen.

«Hier, hier.» Jacob brachte mir den Tee in einer gesprungenen Porzellantasse.

Ich dachte irgendwie liebevoll an Ilans alte, unergründliche Vergiftungswitze. «Danke vielmals», sagte ich. Ich entfernte mich von dem Tisch mit dem ganzen Krempel und setzte mich auf Jacobs Futon.

«Nun», sagte er sanft, während er sich zu mir setzte.

«Ja, nun.»

«Nun, also.»

«Ja», sagte ich.

«Ich werde dich nicht anmachen», sagte Jacob.

«Natürlich nicht. Du wirst mir auch nicht die Hand küssen.»

«Nein.»

Der Tee schmeckte wie feuchte Baumwolle.

Jacob erhob sich, ging zum Tisch hinüber und sprach aus der komprimierten Distanz mit mir. «Ich nehme an, du hast herausgefunden, was du konntest. Über diese Kritzeleien von Ilan. Ja?»

Ich gab es zu. Beides, dass ich etwas herausgefunden hatte und dass ich nicht alles herausgefunden hatte. So vieles war mir noch ein Geheimnis.

«Aber du verstehst zumindest, dass in Situationen, die sich Großvater-Paradoxa nähern, sehr seltsame Dinge zur Norm werden können. Genau wie jemand, der sich rennend der

Lichtgeschwindigkeit nähert, unergründlich schwer wird.»
Er unterbrach sich. «Fandest du es nicht seltsam, dass du
so viel mit mir und Ilan herumgegangen hast? Schien es dir
nicht erklärungsbedürftig, wie glücklich wir drei –»

«Das war nicht seltsam», beharrte ich. Ich hatte fast *per
definitionem* recht. Es war nicht seltsam, weil es bereits geschehen und daher vorstellbar geworden war. Aber vielleicht
war das falsch. «Ich glaube, er liebte uns beide», sagte ich,
grundlos verwirrt. «Und wir beide liebten ihn.»

Jacob seufzte. «Ja, okay. Ich hoffe, du wirst zu schätzen
wissen, was für komplizierte Berechnungen ich anstellen
musste, um diese Beispiele außerordentlich unwahrschein-
licher Ereignisse zu demonstrieren. Komm hier rüber. Bitte.
Du wirst sehen, dass wir uns in eine Region begeben, die,
nun ja, nicht ganz eine Region der Unähnlichkeit ist, das
wäre eine billige Assoziation – obwohl sehr Ilan-ähnlich, ein
passender Tribut –, aber eine, in der sich die Dinge nicht zu
verhalten scheinen wie sie selbst. Mit anderen Worten, eine
Zone, in der Ereignisse, wenn sie der Interferenz mit einer
unveränderlichen Zukunft entgegentaumeln» – einen kurzen
Moment lang fühlte ich mich, als wäre ich wieder ein Kind
und schliefe auf unserem kratzigen blauen Sofa ein, während
sich mein hustender Vater Wiederholungen von *Twilight Zone*
ansah –, «dazu gedrängt werden, ihr verborgenes Sosein zu
enthüllen.»

Ich fühlte mich Jahre oder Meilen entfernt.

Dann geschah Folgendes, was zwar nicht der Knackpunkt
der Geschichte ist, ja nicht einmal das Eigentliche, was mir
jedoch seltsam erschien: Jacob tippte eine der Silberkugeln
an, und sie rollte die schräge Fläche aufwärts; er stellte einen
Kolben mit Wasser auf den Bunsenbrenner und markierte

den Anstieg der Flüssigkeit; ein Ballon blähte sich ungleichmäßig auf; ein unter Schleifpapier gehaltener Magnet ließ aus Eisenspänen das Wort «ungeheuerlich» entstehen.

Jacob wandte sich zu mir um, zog die Augenbrauen hoch. «Erstaunlich, was?»

Mir war, als hätte ich ihn ein Kleid tragen oder auf die Toilette gehen sehen. Was er mir gezeigt hatte, waren Zaubertricks für Kinder.

«Ich erinnere mich an solche Zaubervorstellungen aus der Kindheit», sagte ich sanft. Nicht, dass ich mich *nicht* fürchtete. «Ich fand diese gruseligen Höhlen, die auf Werbetafeln an den Highways angekündigt wurden, immer toll.» Cousin oder kein Cousin, Ilan war offensichtlich vor Jacob weggelaufen, nicht vor mir.

«Ich spüre deine Abwehr», sagte Jacob. «Was ich verstehe und sogar respektiere. Vielleicht habe ich dir Angst gemacht mit diesen Töte-mich-Reden, auf die du nicht vorbereitet warst. Wir kommen später darauf zurück. Jetzt bestelle ich uns erst mal was zu essen. Wir werden essen, trinken, reden, und ich werde dich die Neuigkeiten langsam aufnehmen lassen. Du bist Ingenieurin, Herrgott noch mal. Du wirst die Teile schon zusammenbauen. Manchmal hilft Schlaf, manchmal grüne Minze – kleine Tricks, um die Synthetisierungsfähigkeit des Geistes zu schärfen. Lass dir Zeit.»

Jacob beförderte fettiges chinesisches Essen in schlecht gespülte Schüsseln, «für ein heimeligeres Gefühl». Dort am Tisch, diesem schäbig improvisierten Labor, saß ich nun, langsam essend. Jacob schien etwas von mir zu brauchen, etwas mehr sogar als nur einen Funken Glauben. Er hatte das Essen bezahlt. Die Schüssel Bandnudeln mit Rindfleischaroma war erst halb aufgegessen – wir hatten uns gerade eingerichtet, uns in der Ruhe wohl gefühlt –, da sagte Jacob: «Fandest du Ilans Ideen nicht unheimlich modisch? Immer eine Nasenlänge voraus? Sogar als er anfing, Rosa zu tragen, vor allen anderen?»

«Er hatte es mit der Mode, in jeder Hinsicht», stimmte ich zu, überrascht von meinem Appetit auf das schlüpfrige, widerliche Essen. «Nicht, dass es ihn je weit gebracht hätte, immer hinter der nächsten Neuigkeit her. Manchmal wiederholte ich, was er sagte, und es klang dämlich aus meinem Mund, vielleicht war es ja von vornherein dämlich. Nur charmant gesagt.» Nie zuvor hatte ich etwas Unfreundliches über Ilan laut ausgesprochen.

«Du verstehst nicht», sagte Jacob. «Ich glaube, ich sollte dir erzählen, dass Ilan mein noch ungeborener Sohn ist, der mich – uns – aus der Zukunft besucht hat.» Er nahm eine Metallkugel zwischen zwei fettige Finger, ließ sie zweimal fallen und demonstrierte dann erneut ihr Aufwärtsrollen die schräge Fläche hinauf. «Wir beide, Ilan und ich, wir arbeiten zusammen.» Jacob erklärte etwas, wonach Ilan durch seine Reisen, die häufig und verschiedenartig waren, bewiesen habe, dass Reisen in die Vergangenheit, im Gegensatz zu dem, was berühmte Filme zeigen, die Zukunft nicht veränderten oder dass vielmehr die Zukunft bereits verändert sei oder vielmehr dass alles noch viel komplizierter sei als das. «Ich wollte es auch erst nicht glauben», beharrte Jacob. «Partout nicht. Dabei ist er mein Sohn. Unausstehlich und doch mein geliebtes Kind.» Jacob verschlang eine ganze Teigtasche mit einem Bissen. «Etwas zu sehr Moralist allerdings. Kein guter Geschäftspartner in diesem Sinne.»

Ich fühlte mich nicht länger von Jacob eingeschüchtert.

Wie sollte ich auch? Er hatte einen Looping gedreht. «Wenn Ilan aus der Zukunft kam, dann bedeutet das, er konnte dir von deiner Zukunft erzählen», sagte ich.

«Sicher, ja. Ein wenig.» Jacob errötete wie ein Schulmädchen. «Nichts Wichtiges. Aber manche Dinge wusste er. Ja. Dass er mein Sohn war und so weiter.»

«Ach so.» Auch ich verschlang eine ganze Teigtasche mit einem Bissen. Das ist gewöhnlich nicht meine Art. «Und was ist mit meiner Zukunft? Wusste er etwas darüber?»

Jacob schüttelte den Kopf. Ich war mir nicht sicher, ob das eine Antwort auf meine Frage war oder nur Missbilligung. «Im Augenblick müssen wir meine Karriere retten», sagte er. Ich sah, dass er schwitzte, sogar an seinem entblößten Schlüsselbein. «Darf ich dir erzählen, was ich denke? Ich denke, wir sollten die Unmöglichkeit meines Sterbens, bevor ich Ilan gezeugt habe, *vorführen*. Eine kleine Stuntshow gewissermaßen, aber in echt. Mit echten Waffen und Strick und Gift und vielleicht ein bisschen Messerwerfen mit verbundenen Augen. Wirkliches Leben. Das könnte der öffentlichen Aufmerksamkeit für meine Arbeit ein bisschen Dampf machen.» Ich wurde schläfrig während dieser seiner Rede, wurde schläfrig und verlor mich in Gedanken an Zirkusse und Kindheitsausflüge nach Las Vegas, an Ilans Matratze und an die Zeit, da eine kleine Foldback-Klammer auf meinem Kopf gelandet war, als ich draußen spazieren ging. «Ich meine, das ist etwas unter Niveau, aber unter Niveau ist bekanntlich das neue Spitzenniveau oder auch das alte. Glaub mir, das wird phantastisch! Vielleicht schaffen wir es in die *Late Show*, zu *Letterman*. Ich wette, wir verdienen jede Menge Geld, und ich bekomme meinen Job zurück. Trotzdem, seien wir vorsichtig. Mein Nicht-sterben-Können bedeutet schließlich nicht, dass ich nicht ganz schön schwer verletzt werden könnte. Aber ich habe schon Berechnungen angestellt, das gibt ein paar echte Showstopper –»

«Ich bin kein so tolles Showgirl», sagte ich, während ich ein Gähnen unterdrückte. «Für den Job kannst du jemand Besseres finden als mich.»

Jacob sah mich gespannt an. «Wir sind dafür bestimmt, diese Zukunft miteinander zu teilen», sagte er. «Meine Frau – die wird mich wirklich töten wollen, wenn sie herausbekommt, in welcher Lage ich mich befinde. Die wird nicht mitmachen.»

«Ich kenne Leute, die dir helfen können, Jacob», sagte ich im monotonen Halbschlafton. «Ich kann dir nicht helfen. Obwohl ich dich gernhabe. Wirklich.»

«Was ist los mit dir? Hast du etwa schon mal eine Murmel nach *oben* rollen sehen? Ich meine, das sind nur kleine Unregelmäßigkeiten, ich wollte dich nicht erschrecken, aber es gibt viele andere. Sogar hier in diesem Raum. Hier gibt es klare Symptome einer Auflehnung gegen die Zeit.»

Ich dachte an Jacobs endloses Geschwafel über Augustinus, bedeutungsschwere Bewegung und sehnendes Verlangen. Außerdem war ich überzeugt, betäubt worden zu sein. Nicht nur wegen meiner Müdigkeit, sondern weil ich begann, Jacob irgendwie attraktiv zu finden. Sein schwitzendes Schlüsselbein war schön. Der Raum um mich her – der Futon, das chinesische Essen, die Porzellanteetasse, das rostige Labor, die Papierstapel, Ilans Notiz in meiner Hosentasche, Jacobs billige Herrensocken, der Staub, Jacobs beringte Hand auf seinem Knie – all diese Dinge kamen mir vor wie Mitspieler in einem Leben, das noch nicht wirklich geworden war, einem Leben, dem ich entgegenraste. «Glaubst du», fragte ich unwillkürlich, vielleicht weil ich dieses Gefühl bisher nur einmal im Leben gehabt hatte, «dass Ilan ein seltenes und tragisches Genie war?»

Jacob lachte.

Ich zuckte mit den Achseln. Ich lehnte meinen schläfrigen Kopf an seine Schulter. Ich legte meine Hand auf sein Schlüsselbein.

«Ich kann dir dies über deine Zukunft erzählen», sagte Jacob ruhig. «Ich habe deine Frage nicht überhört. Also lass mich dies weissagen. Du wirst nie über Ilan hinwegkommen. Und das wird eines Tages der Horror für dich sein. Aber schon bald wirst du all diese deine Liebe auf ein Ersatzobjekt richten, was dir ungefähr so viel nützt wie eine Rettungsweste bei einer Zugkatastrophe. Deine Gegenwart, entschuldige, wenn ich das so sage, ist ziemlich armselig. Aber deine Zukunft sieht großartig aus. Deine Arbeit wird nichts bringen. Aber du wirst ein geniales Kind haben. Und einen genialen Ehemann. Und eine große Liebe.»

Er sagte, wir würden zusammen sein. Er sagte, wir würden uns lieben. Ich verstand. Ich hatte das Rätsel gelöst. Ich wusste, wer ich, wer wir zu sein bestimmt waren.

Ich erwachte allein auf Jacobs Futon. Zuerst konnte ich Jacob nicht lokalisieren, aber dann sah ich, dass er auf dem Hochbett seiner Tochter schlief. Sein Mund stand offen; er sah schrecklich aus. Das Zimmer roch nach Mononatriumglutamat. Ich war wütend und fühlte mich doch klein. Ich verließ die Wohnung, indem ich mir schwor, nie wieder in dieses Café zu gehen oder sonst wohin, wo ich Jacob treffen könnte. Ich verbrachte meinen Tag damit, Prüfungsbögen zu korrigieren. Abends ging ich in den Videoladen und war nahe daran, *Wuthering Heights* auszuleihen, wechselte dann zu *Der unauffällige Mr. Crane* und lieh am Ende, beschlichen von dem komischen Gefühl, verfolgt zu werden, überhaupt nichts aus.

Dachte ich in den folgenden Wochen und Monaten oft an Jacob? Machte ich mir Sorgen, oder kümmerte ich mich um ihn? Ich könnte nicht sagen, ob ja oder nein. Kann ich behaupten, ich sei mir sicher, dass Jacob Wahnvorstellungen hatte? Als König Laios aus Angst vor der Prophezeiung, sein Sohn werde ihn ermorden, das Ödipus-Baby im Gebirge aussetzt, wird Laios' Versuch, seinem Schicksal zu entrinnen, dessen Auslöser. Man nennt das ein Prädestinations-Paradoxon. Es ist eine Variante des Großvater-Paradoxons. Alles dreht sich um die Unausweichlichkeit des Schicksals.

Die allgemeine Relativitätstheorie ist kompatibel mit der Existenz von Raumzeiten, in denen Reisen in die Vergangenheit oder in eine ferne Zukunft möglich sind; jene, die es wissen müssen, sagen uns, der Logiker Kurt Göbel habe das in den späten 1940er Jahren bewiesen. Doch ob eine Person in unserer ganz spezifischen Raumzeit tatsächlich in die Vergangenheit reisen kann oder nicht – niemand weiß es. Mag sein. Mit Sicherheit gehorcht unsere Welt Regeln, die noch jenseits unseres Vorstellungsvermögens liegen. Mag sein, dass Jacob meine Bestimmung ist. Dennoch meide ich ihn weiterhin.

PREISSCHOCK

Das Bruttoeinkommen der Tochter lag 2007 bei 18 150 Dollar. Das Bruttoeinkommen der Mutter im selben Jahr bei 68 742 Dollar. 2008 betrug das Bruttoeinkommen der Tochter 23 450 Dollar; 2009 waren es 232 476 Dollar; 2010 140 702 Dollar und 2011 37 853 Dollar. Das mütterliche Bruttoeinkommen für die Jahre 2008 bis einschließlich 2011 ist nicht belegt, aber es dürfte in jedem dieser Jahre nicht über 99 999 Dollar und nicht unter 40 000 Dollar gelegen haben. Eine Durchschnittsbesteuerung des Einkommens war nach dem Bundessteuergesetz der USA seit *1986* nicht zulässig.

Von 2007 bis 2011 legte die Tochter 170 000 Dollar zum Sparen an: 25 000 Dollar wanderten in ein SEP-IRA-Depot, 9000 Dollar in ein Roth-Depot und der Rest in einen Geldmarktfonds. Anderes Geld wanderte, wie die Mutter sagen würde, in die Hände kleiner Scharlatane, die es nicht zum Jura- oder Medizinstudium gebracht hatten und deren Eltern mit ihren Wertvorstellungen komplett dabei versagt hatten, ihnen auch nur irgendetwas beizubringen, arme Dinger, wirklich, arme Dinger. Oder es wanderte, wie andere sagen würden, in die Hände von Verkäufern handgefertigter Pralinen und Neunzig-Dollar-T-Shirts.

Im Jahr 1997, während die Mutter als technische Beraterin in einem damals finanziell gut aufgestellten Unternehmen tätig war – wenngleich anzumerken ist, dass dieses damals finanziell gut aufgestellte Unternehmen innerhalb von sieben Jahren auf 32 Prozent seiner Größe von 1997 schrumpfte und die Mutter unter denen war, die ihre Stellung nicht behalten konnten, und obwohl sie eine Art Abfindungspaket erhalten hatte, war es doch keine Art gewesen, die der Beschreibung wert wäre und daher auch nicht beschrieben wird, und aus der Option, die die Mutter zu haben geglaubt hatte, ihre Krankenversicherung zum selben Beitragssatz wie unter dem Dach des Unternehmens beizubehalten, war trotz zahlreicher Anrufe nichts geworden; stattdessen war der Beitragssatz, der ihr angeboten wurde, mehr als dreimal so hoch wie zuvor. Um auf den Ausgangspunkt zurückzukommen: Während sie diese Stellung mit einem regelmäßigen Jahresverdienst von über 90 000 Dollar plus ansehnlicher Zulagen innehatte, leistete die Mutter eine Anzahlung von 65 000 Dollar auf den Kauf eines bescheidenen Zweizimmerapartments in einem gut angesehenen Gebäude mit Eigentumswohnungen auf der fernen, aber nicht allzu fernen Ostseite der Upper East Side von Manhattan. Aufgrund der Fungibilität ist nicht festzustellen, woher das Geld für die Anzahlung stammte – ob aus gegenwärtigen Einnahmen oder aus vorhandenen Ersparnissen. Es war, wie es war. Das Geld war ausgegeben. Oder vielmehr umgewandelt in einen Vermögenswert.

Die Mutter kaufte das Apartment nicht für sich, sondern für ihre Tochter. Jedoch ohne die Absicht, dass die Tochter es bewohnen sollte. Die Tochter lebte nicht in oder auch nur in der Nähe von New York. Das Apartment war eher eine Investitionsschenkung. Ein informeller Living Trust. Die

Namen von Mutter und Tochter wurden in die Hypothek eingetragen. Beide Namen wurden auf den Titel gesetzt. Die Tochter wurde als 99-Prozent- und die Mutter als 1-Prozent-Eigentümerin angegeben. Dieses Arrangement war sowohl steuerlich als auch im unverhofften Todesfall am günstigsten. Die Mutter glaubte, den Vermögenswert/das Apartment zu einem hinreichend hohen Preis vermieten zu können, um sowohl die Abzahlung als auch die Instandhaltung zu decken, und mehr oder weniger sollte es auch so kommen.

Obwohl nicht wirklich: Der Vermögenswert/das Apartment wurde gratis an den Sohn der Mutter – den Bruder der Tochter – «vermietet», bis dieser und seine frisch angetraute, abgesegnete und sicher-bald-schwangere Ehefrau sich finanziell besser abgesichert fühlten. Während dieser innerfamiliären «Vermietung» kam die Mutter selbst für die monatlichen Abzahlungen und Instandhaltungskosten auf. Ein substanzieller Teil der Abzahlungen, mehr Zinsen als Grundkapital, sei von der Steuer absetzbar, merkt sie (die Mutter) an. Daher sei es ein nicht wirklich an ihr zehrendes Geschenk, sagt sie. Der Grund, weshalb die Mutter den Vermögenswert/das Apartment zugunsten ihrer Tochter erworben hatte statt zugunsten ihres verheirateten und baldige Fortpflanzung verheißenden Sohnes, war der, dass sie einige Jahre zuvor schon eine ähnlich große Investition zugunsten ihres Sohnes getätigt hatte und dass sie diese zweite Schenkung an ihr zweites Kind als Mutter nur gerecht fand. Das erste Kind würde dort wohnen, aber das Kapital des Vermögenswerts/Apartments würde dem zweiten die ganze Zeit über finanzielle Sicherheit bieten. Es stimmt, im Allgemeinen zog die Mutter bei weitem Männer gegenüber Frauen vor – auch die Tochter zog bei weitem Männer vor –, dennoch ist anzunehmen, dass sie ihre Kinder höchstwahrscheinlich gleichermaßen liebte, sofern es nicht unsinnig ist, Aussagen über die Gleichstellung von Nichtfungiblem wie Liebe zu treffen.

Man versuchte, den Dingen Rechnung zu tragen. Wertschätzen bedeutete richtig einschätzen.

In Anbetracht der Beziehungen zwischen Männern und Frauen im Allgemeinen hatte die Mutter ihrer Tochter früh und nachdrücklich eingeschärft: EINE FRAU SOLLTE FINANZIELL IMMER UNABHÄNGIG SEIN. In puncto finanzielle Unabhängigkeit stimmte die Tochter mit der Mutter überein. Damals wie heute. Doch das töchterliche Einverständnis mit dem Postulat, das während der Kindheit wie ein Glaube an einen gnostisch-pythagoreischen Zahlenkult gewesen war, wurde später eine Spielart von Realpolitik. (Die realpolitische Sicht der Mutter entsprach dem Glauben an einen gnostischen Zahlenkult.) Ungeachtet jeder Ansicht über die Beziehungen zwischen Männern, Frauen und Finanzen war der obengenannte Vermögenswert/das Apartment zwischen 1998 und 2006 um annähernd 512 000 Dollar gestiegen. Dann wurde er/es verkauft, was abzüglich aller Kosten eine ziemliche Menge Geld einbrachte. Das Ganze wurde irgendwo auf einem Bankkonto deponiert. Die Tochter wusste nicht, wo. Die Mutter schon. Später führte das zu einem Streit.

1994 war die Tochter von zu Hause aus- und in das Studentenwohnheim einer hinreichend renommierten Universität eingezogen. Die üblichen Bildungsdarlehen wurden beantragt, bewilligt und in Anspruch genommen. Sie liefen auf den Namen der Tochter. Die Tochter übte verschiedene Jobs auf dem Campus aus. Sie war relativ bescheiden in diesen Jahren. Aber fairerweise muss man sagen, dass die Mutter fast alles bezahlte. 1994 war die Mutter außerdem Witwe geworden, ohne mit einer Pension oder Sozialversicherung versorgt zu sein; die fehlende Versorgung war technischen Problemen geschuldet, Problemen, die wahrscheinlich hätten überwunden werden können, aber wie es scheint, hatte es einfach immer zu viel zu tun gegeben.

Im Lauf des ersten Jahres mit getrennten Wohnsitzen – es war das Jahr, in dem auch der Prozess gegen O. J. Simpson lief – mailte die Mutter der Tochter diverse Fotos von der Staatsanwältin Marcia Clark. Die Mutter hegte größte Bewunderung für die Outfits der Marcia Clark. Sie hoffte, der Stil dieser Juristin könne positiv, vielleicht sogar inspirierend auf ihre Tochter wirken, die sich nicht kleidete wie Marcia Clark und auch nicht auf dem Weg schien, etwas Ähnliches zu werden wie Marcia Clark. Die Tochter schien nicht *en route* zu sein, eine Spielart jener FINANZIELL UNABHÄNGIGEN FRAU zu werden, die der Mutter vertraut war. Man könnte sogar sagen – «man» wechselweise als Mutter und Tochter –, die Mutter sei selbst schuld daran: Sie hatte so viele Lunchpakete gepackt, so viele Stunden Unterricht bezahlt, hatte so oft Handtücher und frische Kleider für fünf Minuten in den Trockner gesteckt, um sie für die Tochter anzuwärmen, wenn diese aus der Badewanne stieg, dass sie, die Tochter, verständlicherweise eine falsche Vorstellung davon entwickelt hatte, wie das Leben war. Jetzt brauchte sie Führung. Ende 1995 zog die Mutter in dieselbe Stadt, in die ihre Tochter gezogen war. Ebenfalls Ende 1995 begann die Tochter eine Beziehung mit einem jungen Mann; nachdem diese Beziehung begonnen hatte, nahm die Fähigkeit der Tochter, von irgendeiner Situation irgendetwas wahrzunehmen, außer der An- oder Abwesenheit des jungen Mannes, rapide ab. Später heirateten die beiden. Die Mutter sagte, das freue sie. Es war eine der wenigen Entscheidungen der Tochter, die von der Mutter gutgeheißen wurden. Die Mutter richtete die Hochzeit aus.

Im Frühjahr 2010 trennte sich das Paar. Die Gründe für das Ende der Ehe sind unklar, aber es gibt Theorien. Die Hauptursache der rasanten Wertsteigerung von Immobilien um diese Zeit ist ebenfalls nicht zufriedenstellend erklärt worden, aber auch hier gibt es Theorien. Wie dem auch sei, die Tochter wollte das Geld aus dem Verkauf des Vermögenswerts/Apartments benutzen, um sich ein Apartment/einen Vermögenswert als Wohnung für den Eigenbedarf zu kaufen. Die Mutter stimmte dem nicht bei oder zu. Sie gab nicht preis, wo sich das befand, was zuvor als das Geld der Tochter beschrieben worden war, weil diese Tochter nicht mehr die sei, die sie kenne, «denn die, die ich kenne, ist kein grausamer Mensch», sagte die Mutter. Sie sagte ferner, der gegenwärtigen Tochter, der Unbekannten, sei nicht zu trauen, weder im Umgang mit ihrem Geld noch im Umgang mit ihrem Reproduktionspotenzial, ja wahrhaftig, in gar nichts. Die Tochter müsse zurück nach Hause gehen. In die Wohnung ihres Ehemanns. Wo sie hingehöre. Egal, worin das Unglücklichsein und die Ängste, die das Paar auseinanderhielten, bestehen mochten, es seien reine Kindereien. Die Mutter sagte, die Tochter habe immer nur das getan, was sie wollte, sie sei faul, und kinderlose Frauen würden alkoholsüchtig, was ihre Figur ruiniere. Die Tochter war dreiunddreißig.

2010 war die Mutter in gewisser Weise finanziell gesichert, in gewisser Weise aber auch nicht. (Das hängt natürlich von der Vergleichsgruppe ab.) Sie erklärte oft, sie *fühle* sich finanziell nicht sicher. Sie versuchte auch oft, abzunehmen.

Manchmal verbanden sich die beiden Ängste, Gewicht und Geld. Im Herbst 2010 beispielsweise meldete sich die Mutter für das Jenny-Craig-Abnehm-Programm an. In dem Programm waren Vorauszahlungen für vorbereitete Mahlzeiten enthalten. Mittwochs, wenn sie ins Jenny-Craig-Zentrum [*sic*] ging, um den Termin mit ihrer Jenny-Beraterin wahrzunehmen – die Beratung war ein weiterer Dienst, den sie im Voraus bezahlte –, holte die Mutter die vorausbezahlten Mahlzeiten ab. Abgesehen von den Ausgaben für Mahlzeiten und Beratung kaufte die Mutter im Jenny-Craig-Zentrum für 190 Dollar ein spezielles Armband mit kabelloser Bluetooth-Technik, das alles Mögliche aufzeichnete, Laufgeschwindigkeit, Pulsfrequenz, verbrannte Kalorien, aufgenommene und abgegebene Kalorien, Stoffwechsel-so-und-so … es war ziemlich verwirrend. Das Armband sollte fähig sein, zu überwachen und zu kommunizieren. Manchmal schien es zu wissen, dass sie sich bewegte, manchmal nicht. Es piepste unvorhersehbar. Und es blitzte. Ein paar Tage lang leuchtete es gar nicht. Dann belebte es sich unerwartet wieder. Dann löste es stündlich Alarm aus. Das Armband war ein Fehlschlag; die Mutter verlangte ihr Geld zurück. Aber wie sie ihrer Tochter erklärte, sagte die Jenny-Beraterin, so wahr es sei, dass Jenny Craig das Armband am Standort des Zentrums verkaufe und dass sowohl die Beraterin als auch das Programm glaubten, das Armband könne ein guter Freund bei jeglicher Diät zum Abnehmen oder zur Gewichtskontrolle sein, so sei es doch kein Jenny-Craig-Armband per se und das Jenny-Craig-Zentrum vertrete weder das Armband noch den Armbandhersteller, noch umgekehrt das Armband oder der Armbandhersteller das Jenny-Craig-Zentrum, und das Jenny-Craig-Zentrum habe keinerlei formale Verpflichtung gegenüber dem Armbandhersteller oder vice versa – es bestehe da keine wirkliche Beziehung –, sodass die Mutter sich mit ihren Fragen und Beschwerden *nicht* ans Jenny-Craig-Zentrum, sondern direkt an die Firma wenden müsse. Es würde der Jenny-Beraterin aber eine Freude sein, deren Nummer für sie herauszusuchen. Die Mutter rief direkt bei der Firma an. Sie wurde nicht zurückgerufen. Auch die Tochter rief ihre Mutter nur selten zurück. Die Mutter schickte eine E-Mail an die Firma. Mutter und Tochter verabredeten per E-Mail, sich zu einem Kaffee zu treffen, und während dieses Kaffeetrinkens erklärte die Mutter, drei Tage nachdem sie der Armband-Firma gemailt habe, sei eine E-Mail-Antwort gekommen: Eine FAQ-Liste häufig gestellter Fragen mit derselben Telefonnummer, die sie schon angerufen hatte, am Ende, für alle weiteren Fragen. Schließlich, sagte die Mutter, habe sie jemanden ans Telefon bekommen, der die Firma vertrat, die das nicht funktionierende Armband vertrat. Dieser Vertreter schlug vor, die Mutter solle das Armband in der Originalverpackung zurückschicken. Er präzisierte ferner, das Armband werde, sofern es keine Beschädigung oder über das normale Maß hinausgehende Gebrauchsspuren aufweise, gewartet und der Mutter innerhalb von vier bis sechs Wochen zurückgeschickt. Versuchen Sie eigentlich nur Zeit zu schinden, bis Sie mich losgeworden sind?, sagte die Mutter, habe sie zu dem Vertreter gesagt. Die Mutter sagte, sie habe zu dem Vertreter gesagt, er vertrete eine Firma von Betrügern, und habe aufgehängt. Später am selben Tag, erklärte die Mutter der Tochter, habe sie der Jenny-Beraterin gesagt, die Armband-Firma sei nicht hilfreich gewesen, natürlich nicht, sie (die Mutter) sei ermutigt worden, ein Armband von einer Scharlatan-Firma zu kaufen, die Leute genau hier, in diesem

Büro, hätten ihr das angedreht, diese Jenny-Craig-Leute, die sich, sagte die Mutter, habe sie zu der Jenny-Beraterin gesagt, offensichtlich einen Dreck um ihre Kunden scherten, die keine Kundendienst-Ethik besäßen, sondern nur Geld aus den Leuten herauspressten. Die Mutter sagte, sie habe gesagt: Sie haben mir hundertneunzig Dollar für etwas abgenommen, von dem Sie wussten, dass es Schrott war, und jetzt schicken Sie mich zum Teufel. Sie wissen genau, wohin Sie mich schicken, wenn Sie sagen, ich soll mich direkt an die Firma wenden. Ich arbeite im Dienstleistungssektor. Ich arbeite gern für Kunden. Ich helfe Menschen gern. Ich weiß, was Kundendienst-Ethik ist, sagte die Mutter, und das ist etwas anderes. (Die Mutter arbeitete zu dieser Zeit, nach ihrem Angestelltendasein, als Immobilienmaklerin in der Stadt; der Immobilienmarkt war wesentlich schwächer als in den Jahren der obenerwähnten Wertsteigerung des Vermögenswerts / Apartments.) Die Mutter sagte der Tochter, sie habe die wirklich beschimpft, diese Jenny-Craig-Leute, und sie fühle sich ein bisschen schlecht deswegen, aber das, was die getan hätten, sei unrecht, und die sollten wissen, dass es unrecht sei. Aber, erklärte sie der Tochter, sie brauche das Jenny-Craig-Programm nicht mehr. Sie brauche diese Leute nicht. Obwohl sie mit dem Programm schon zehn Pfund abgenommen habe. Könne die Tochter es sehen? Aber es seien nicht die ersten zehn Pfund, erklärte die Mutter, die überhaupt jemand bemerke. Es seien wahrscheinlich die *nächsten* zehn Pfund, die man bemerken werde, die nächsten zehn, die natürlich schwieriger abzunehmen seien, aber sie wisse jetzt, wie Jenny Craig das mache, und so könne sie es auch allein, ohne Jenny Craig. Sie hatte es geknackt. Du isst zwölfhundert Kalorien am Tag. Du sorgst dafür, dass du zwanzig

Gramm Protein bekommst. Du beschränkst deine Mahlzeiten auf ungefähr dreihundertfünfzig Kalorien, dann ist noch Luft für etwas Obst. Sie sagte, ich mache es so: Ich mache Linsengerichte, die viel Protein und wenig Kalorien haben. Zum Beispiel habe ich einen vegetarischen Gehackte-Leber-Dip gemacht. Eine Tasse getrocknete Linsen, zwei Tassen Wasser, ein Teelöffel Zwiebelsuppenpulver, zwei große pfannengerührte Zwiebeln, zwei hartgekochte Eier – alles zusammengemischt. Es schmeckt köstlich. Du solltest es probieren, sagte die Mutter. Das ist es, was ich dir erzählen wollte.

Die Tochter sagte, sie finde, das klinge gut.

Dann waren sie eine Weile still. Dann begann die Mutter über eine Freundin zu reden, die Gebärmutterhalskrebs hatte; sie habe keine Kinder, erklärte die Mutter bezüglich ihrer Freundin; es sei ein Gesundheitsrisiko, keine Kinder zu haben. Ich bete zu Gott, dass du ein Kind bekommst. Du bist ein schwieriger Mensch, aber du kannst schwanger werden, heutzutage kannst du sogar einfach in die Klinik gehen, um schwanger zu werden. Es ist nichts dabei. Die Tochter tat etwas Zucker in ihren Kaffee, obwohl sie fast nie Zucker in ihren Kaffee tat. Die Mutter erinnerte die Tochter an die Geschichte ihrer Cousine, die schwanger geworden war, vermutlich durch eine Klinik, jener Cousine, von der die Leute sagten, dass sie lesbisch sei, die aber, sagte die Mutter, wahrscheinlich nur kein Glück mit Männern hatte, aber egal, jedenfalls sei die Cousine jetzt so glücklich, wohingegen sie früher immer eine schrecklich übellaunige Person gewesen sei, und die Mutter sagte, sie (die Mutter) werde alle medizinischen Kosten, die dabei entstehen könnten, übernehmen, sie werde der Tochter helfen.

Die Tochter antwortete nicht.

Die Mutter sagte, es sei interessant, dass sie (die Tochter) diesen Tag gewählt habe, um ein grünes Hemd und grüne Shorts zu tragen, alles in Grün. Sie bekräftigte, dass die Tochter unbedingt versuchen solle, den vegetarischen Gehackte-Leber-Dip zu machen. Der so wenig Kalorien habe und doch sehr geschmackvoll sei. Die Tochter sagte: Du interessierst dich nur für Geld und Gewicht; und du gibst mir alle diese Ratschläge; dabei bin ich dünner als du und verdiene mehr Geld als du.

Der Tochter war am selben Tag ein Hypothekendarlehen verweigert worden; oder vielmehr, es war ihr nicht verweigert, aber ihr waren nur fünfunddreißigtausend Dollar bewilligt worden. Was bei weitem nicht ausreichte. Die Verweigerung beruhte teilweise auf dem unsicheren Einkommen der Tochter – unsicher, weil sie die Karriereratschläge der Mutter nicht befolgt hatte – und teilweise auf der jüngsten Krise in der Hypothekenbranche, die dazu geführt hatte, dass die Darlehensgeber Einkommen aus selbständiger Tätigkeit nicht mehr in gleicher Weise anerkannten wie feste Einkommen von Angestellten. Somit war das Apartment/der Vermögenswert jetzt absolut unerschwinglich ohne die mütterliche Hilfe.

Die Mutter wiederholte, die Tochter solle zu ihrem Ehemann zurückkehren. Sie wolle dem Paar helfen, etwas Schönes zu kaufen. Etwas, was zugleich eine schöne Finanzimmobilie wäre, Eigentum in einer Wohnanlage, das sie vermieten könnten, wenn sie wegen der Kinder etwas anderes und Größeres zum Leben bräuchten. Ja, es sollte eine Wohnanlage sein, keine Genossenschaft, obwohl die Mutter zur Kenntnis nahm, dass die Tochter *sagte*, ihr gefalle die Bauweise der neueren Wohnanlagen eher nicht, aber sie wusste, dass die Tochter einfach nur den Drang verspürte, so einen Geschmack – für ältere Gebäude –, der in Wirklichkeit gar nicht ihr Geschmack war, zu bekunden. Sie ließ sich diesen Geschmack von einer Anwandlung diktieren, die vorübergehen würde, genau wie der stürmische Moment in ihrer Ehe. Wenn sie, die Tochter und ihr Ehemann, einen schönen Ort zum Leben hätten, dann würden sie ihr Glück schon finden, denn es sei schwer, sein Glück zu finden, wenn man keinen Platz zum Atmen habe, und sie wollte, dass ihre Tochter atmete.

Du hattest sehr recht, sagte die Tochter, als du mir eingeschärft hast, EINE FRAU SOLLTE FINANZIELL IMMER UNABHÄNGIG SEIN.

Ich habe nicht gedacht, dass du je auf mich hören würdest. Ich fühle mich geehrt, sagte die Mutter.

Die Tochter sagte zur Mutter, das Geld, das ihre Mutter ihr geschenkt habe, sei wirklich deren Geld und nicht ihres, das sei wahr. Aber sie finde, dieses Geld müsse entweder ihr Geld sein oder eben nicht ihr Geld und sie könne solche Halbheiten nicht mehr ertragen, sie könne auch keine Gesundheits- oder Moderatschläge mehr ertragen – das war's. Die Mutter sagte, sie gebe keine Ratschläge, nur Liebe. Die Tochter ging. Die Mutter bezahlte die Rechnung.

Im Februar 2011 planten Mutter und Tochter, sich wieder zum Kaffee zu treffen. Es waren viele Monate mit Treffen «zum Kaffee» und sehr wenig Übereinstimmung vergangen. Die Mutter hatte gesagt, sie würde das Scheckheft für das Konto, auf dem die Gewinne aus dem Vermögenswert / Apartment lagen, mitbringen. Die Tochter erschien zu dem Treffen.

Was meinst du, was «heimelig» bedeutet?, fragte die Mutter.

Warum fragst du mich das?, fragte die Tochter.

Du bist so misstrauisch, sagte die Mutter. Du denkst immer das Schlechteste von mir. Ich gebe auf, sagte die Mutter. Dann sagte sie: Es ist nur etwas, was mir nicht aus dem Kopf geht, wegen eines meiner Kunden. Ist schon eine Weile her. Er war Schwede. Er suchte eine Einzimmerwohnung in New York zu kaufen, weil er mit dem schwedischen Winter nicht mehr zurechtkam und deshalb in New York überwintern wollte. Was merkwürdig klingt, in New York überwintern, aber das ist es, was er sagte, er brauche nur einen Ort, um seinen Kopf niederzulegen, und es könne winzig sein, er müsse nur jede Menge Tageslicht haben. Ich verstand ihn, sagte die Mutter. Er sagte auch, er möge New York, weil es preiswert sei, was komisch für mich klang, wie das Überwintern, aber das sagte er, New York sei billig. Also zeigte ich ihm eine schöne Einzimmerwohnung, die Fenster nach drei Seiten hatte. Keine gewöhnlichen Fenster, sondern richtig große, und das Apartment war sauber und schön, mit guten Geräten und prächtigem Fußboden und, wie gesagt, viel Licht; es war wirklich sein Geld wert, und ich dachte, ich selbst wäre glücklich, dort zu leben, und ich war so glücklich über das, was ich ihm zeigte. Doch er blieb nur eine Minute. Hier kann ich nicht leben, sagte er. Es fühlt sich nicht heimelig an. Das war das Wort, das er gebrauchte: «heimelig». Ich dankte der beauftragten Maklerin, und als wir wieder draußen waren, sagte ich zu dem Schweden – ich mochte den Kerl, darum war ich ehrlich zu ihm – ich sagte: Sie wissen gar nicht, was für ein Glück Sie haben, so etwas in Manhattan zu sehen. Das ist unglaublich viel wert. Ich sage Ihnen das nur, weil Sie andere Sachen sehen werden, die nicht so schön sind, und ich will Sie nicht enttäuschen. Ich werde nichts kaufen, bis

ich genau das gefunden habe, was ich haben will, sagte er.
Sie werden lernen müssen, sagte ich, dass dies eine Stadt der
Kompromisse ist. Ich rede nicht von dir, sagte die Mutter zur
Tochter. Ich weiß, dass du das denkst, aber ich tue es nicht.
Ich wollte dir von der zweiten Wohnung erzählen, die ich
dem Schweden zeigte. Bei der nächsten Besichtigung brachte er einen Freund mit. Du hättest ihn sehen sollen, seinen
Freund. Er hatte dies ganz lange, ganz schwarze Haar. Und
helle, ganz helle Haut. Er sah aus wie ein Typ, den man in der
Werbung für Zigaretten oder Schnellboote sieht. Ich meine,
er sah aus wie ein Rennfahrer. Und er *war* Rennfahrer! Das
ist mein Freund, sagte der Schwede zu mir, sagte die Mutter.
Er komme gerade von einem Autorennen in Abu Dhabi, erklärte der Schwede. Daher erwähnte ich, dass du auch schon
mal in Abu Dhabi warst.

Ich war nicht in Abu Dhabi, sagte die Tochter.

Ich dachte, doch.

Nein.

Oh.

Ich war allerdings in Dubai.

Ich dachte, das sei dasselbe.

Nein.

Ich sagte zu dem Rennfahrer, ich hätte gehört, Abu Dhabi
sei eine Geisterstadt, mit all diesen leerstehenden Wohnungen.

Das ist Dubai, sagte die Tochter.

Oh. Dann ist es Dubai, wo so viele leerstehende Apart-
menthäuser sind?

Genau. Abu Dhabi macht sich angeblich ziemlich gut.

Du denkst wahrscheinlich, der Schwede und sein Freund
hätten mich nicht gemocht, aber sie mochten mich sehr, sagte

die Mutter. Viele Leute mögen mich. Sie fühlen sich wohl mit mir. Ich brachte den Schweden und seinen sensationellen Freund zu einem Apartment an der Park Avenue, Ecke 30th Street. In einem dieser großen alten Gebäude. Wo viele Leute, die früher Dienstmädchen im Haus hatten, keine Dienstmädchen mehr im Haus haben, sodass es diese Mini-Wohnungen gibt, die früher für Dienstmädchen bestimmt waren. Ich dachte, das könnte dem Schweden gefallen. Aber kaum hatte ich einen Fuß in die Wohnung gesetzt, war mir schrecklich zumute, den Schweden dorthin gebracht zu haben. Ich hatte keine Gelegenheit gehabt, sie vorab zu besichtigen. Auf den Bildern hatte sie viel besser ausgesehen. Es gab nur ein einziges Fenster, und das war in der Ecke und winzig. Die Einrichtung bestand aus scheußlichen alten Möbeln, zudem war eine hässliche Katze da, verrottetes Parkett auf dem Fußboden. Der Schwede ging einmal kurz durch; er sah seinen Rennfahrerfreund an. Also, *das* fühlt sich heimelig an, sagte er. Sein Freund nickte. Ich war erstaunt. Was meint er damit, dass es sich heimelig anfühlt? Es war mir ein Rätsel. Es ging mir nicht mehr aus dem Kopf. Es brachte mich auf den Gedanken, dass mir vielleicht wirklich etwas entgeht, dass ich es, wenn ich besser verstünde, was er meinte, vielleicht besser machen würde.

Ich wette, er mag einfach alte Gebäude, sagte die Tochter. Ich mag alte Gebäude.

Aber es war abscheulich, sagte die Mutter.

Oder vielleicht einfach, weil Möbel drin waren. Einfach, weil jemand dort lebte.

Ich dachte darüber nach. Und weißt du, später rief mich die Maklerin des ersten Apartments an und fragte nach dem Feedback. Sie fragte mich, wie mein Kunde es fand. Ich sagte ihr ehrlich, er habe es nicht gemocht. Aber ich sagte ihr genauso ehrlich, ich fände es wunderschön und er sei verrückt, es nicht zu mögen. Sie fragte mich, was genau er denn nicht mochte, weil sie sich vorzustellen versuchte, wie sie das Apartment besser vermarkten könne, denn um ehrlich zu sein, sagte sie, habe sie Schwierigkeiten, es zu verkaufen, obwohl sie es preisgünstig fand. Sie tat mir leid. Sie klang verzweifelt. Ich sagte ihr, momentan sei es schwer, überhaupt etwas zu verkaufen, selbst etwas Großartiges. Ich sagte ihr, sie solle sich keine Sorgen machen, das Blatt würde sich wieder wenden.

Hat der Schwede die Dienstmädchenwohnung gekauft?, fragte die Tochter.

Oh, am Ende hat er nichts von mir gekauft, sagte die Mutter. Obwohl er mich mochte. Er sagte, ich sei ehrlich. Er hat überhaupt nichts gekauft. Stattdessen wollte er nach Dubai.

Was?

Er wollte nach Dubai statt nach New York.

Nach Dubai? Oder Abu Dhabi?

Ich weiß nicht. Irgendwo in der Sonne.

Zu schade, sagte die Tochter. Finde ich. Das mit der Wohnung, meine ich. Aber du musst aufhören, die Dinge zu verwechseln. Das ist der Grund, warum du immer falsche Schlüsse ziehst. Weil du an der falschen Stelle anfängst. Sodass du nicht einmal wirklich über das redest, worüber du redest, fuhr die Tochter fort, nicht ganz sicher, worüber sie selbst redete, und mit der erwachenden Erkenntnis, dass sie den Überblick genau darüber verloren hatte, was sie da eigentlich richtig einzuschätzen versuchte und weshalb sie sich eingebildet hatte, es zu können.

AMERIKANISCHE ERFINDUNGEN

Es war in Singapur, mittags im August. Ich besuchte meine schlanke, braun gebrannte, über sechzig Jahre alte, nicht in Singapur geborene Tante, eine Rechenkünstlerin, die es mit Elastan- und Paillettenmoden von fast nichts zu einem Vermögen gebracht hatte. Als ich jünger war, nannten wir sie Tina Turner, weil sie sich ähnlich stylte – außerdem hatte sie Tina Turner einmal in einem Lebensmittelladen in Los Angeles getroffen, und sie hatten einander wissend zugenickt, so wurde es jedenfalls erzählt –, aber inzwischen wirkte meine Tante kleiner und zahmer, wenngleich noch immer aufreizend «scharf», wesentlich schärfer als ihre beiden Töchter, die jetzt beide im mittleren Alter und mit ihren eigenen, vergleichsweise anspruchslosen Leben beschäftigt waren, in eher prosaischen Körpern, in anderen Ländern. Meine Tante teilte ihr mahagonimöbliertes Acht-Zimmer-Haus – es war ein Sechziger-Jahre-Bau mit vielen stumpfen Winkeln, sodass man rechts, rechts und wieder rechts um sämtliche Ecken biegen konnte und sich noch immer nicht in der ursprünglichen Blickrichtung befand – weiterhin mit ihrem langjährigen Ehemann, obwohl dieser an den meisten Tagen schon gegen fünf Uhr morgens an den Strand ging, während sie ein Nachtmensch war, und so war es, als lebte sie allein. Ab elf Uhr vormittags spielte sie gern Online-Bridge, oft mit Leuten «aus euren Zeitzonen». Sie erzählte mir, nicht jeder in der Online-Bridge-Gemeinde sei nett; ja, es sei kaum zu glauben, wie grob manche Leute sein könnten; wirklich, ganz erstaunlich.

«Dieser Typ, wir waren Partner; er eröffnete mit ein Coeur, und dann reizte er weiter mit zwei Pik über meine Ein-Sans – das ist eine Revers-Reizung. Verstehst du was vom Reizen? Als machte er's im Rückwärtsgang! Siehst du, das ist nicht üblich. Wenn du das tust, versprichst du deinem Partner im Grunde, dass du mindestens sechzehn Figurenpunkte hast. Mindestens. Kannst du folgen? Also hier, mit dieser Ansage, verspricht er, dass er lange Herz und eine wirklich gute Hand hat. Und dann, nichts dergleichen, aber auch rein gar nichts! Wir landen bei vier Coeur in einem Vier-Zwei-Fit. Als müsste *ich* Coeur haben, vollkommen verrückt. Alle anderen sind in einem normalen Drei-Sans-Atout-Kontrakt. Also schreibe ich ihm: ‹Sind Sie betrunken oder einfach nur dumm?›»

«Du hast gesagt: ‹Sind Sie betrunken oder einfach nur dumm?›»

«Ja, in der Seitenleiste des Spiels kann man chatten. Es gibt ein Feld dafür. Ich meine, du spielst nicht mal Bridge, aber sogar du verstehst, dass er da eine lächerliche Ansage gemacht hat, stimmt's? Ich habe sechs Bücher über Bridge gelesen; du kannst mir vertrauen, was er da gemacht hat, war wirklich idiotisch. Darum habe ich das gesagt. Na, und danach hat er mich mit Schimpfwörtern attackiert, schrecklich. Einfach schrecklich. Ich kann die Wörter gar nicht aussprechen. Dabei war er es, der den Fehler gemacht hatte! Ich war fast so weit, dass ich nie wieder Online-Bridge spielen wollte. Obwohl ich ein paar sehr nette Leute habe, mit denen ich spiele. Aber ich hätte fast aufgegeben. Siehst du, so was passiert im Internet. Manche Leute sind erstaunlich grob.»

Ich glaube, ich sagte etwas über Leute, ja, wie sie wirklich Leute sein könnten.

Sie sagte etwas über meinen Jetlag, wie ich darunter leiden müsse.

«Mir geht's gut», sagte ich. Der Hauptgrund, weshalb ich nach Singapur kam, war, dass eine eineinhalbjährige Beziehung kürzlich zu Ende gegangen war und es mir als natürlicher Übergang erschien, eine Freundin zu besuchen, die nach Hongkong gezogen war, und dann, wenn ich schon einmal dort war, auch meine Tante. Ich war nicht am Boden zerstört, nein; es war nicht diese Art von Bruch gewesen; meine seriellen Achtzehn-Monate-Beziehungen endeten durchweg freundschaftlich, es war einfach ein seltsamer Tick von mir, einer, mit dem ich gut zurechtkam. Es war, hatte man mir gesagt, als wäre ich keine Frau.

«Habe ich dir eigentlich», fragte meine Tante, «von meinem 11. September erzählt?»

Nein, das hatte sie nicht.

«Es war schon spät hier, alles schlief, und mein Gott, ich lag im Bett, und dann bemerkte ich diesen Klumpen, ziemlich groß, genau hier, an der Seite. Ich war mir sicher, dass es Krebs war. Ich war mir sicher, dass ich sterben würde. Wie konnte ich ihn nicht eher bemerkt haben?» Sie fuhr fort: «Er saß genau hier, an den unteren Rippen, die ja keine echten Rippen sind. Normalerweise hätte ich meine Freundin Simona angerufen, sie ist eine hervorragende Ärztin, weißt du, aber ich dachte, es wäre nicht recht, sie so spät anzurufen. So denkt man eben in der Nacht. Ich bin mir sicher, es hätte ihr nichts ausgemacht. Aber ich redete mir ein, bis zum Beginn des nächsten Arbeitstags müsse ich es schon allein schaffen. Das dachte ich. Ich kam natürlich nicht zur Ruhe. Also stellte ich den Fernseher an, nur um mich abzulenken, um mich zu beruhigen. Und was sehe ich? Die Türme. Du glaubst es nicht! Ich meine, wie schrecklich. Und sie zeigten es wieder und wieder. Ich saß ganz allein davor. Nun ja, es war kein Krebs, der Klumpen. Es war nur meine Brust. Ich meine, das Silikon. Das Implantat. Einfach runtergerutscht. Unglaublich, was? Dass sie einem etwas einsetzen, das so was machen kann. Ich sagte zu den Ärzten: Nehmen Sie das nur raus und geben es mir nie wieder. Ich mag jetzt kleine Brüste. Die habe ich immer gehasst, aber jetzt mag ich sie.»

«Das ist schrecklich», sagte ich. «Ich meine, was du für Ängste ausgestanden haben musst.»

Dann fragte mich meine Tina: «Arbeitest du noch an deiner Krankengymnastik-Sache?»

Das war zwei Berufsinteressen zuvor gewesen, aber es war eine aufmerksame Nachfrage, wenn man bedenkt, dass wir uns nicht oft sahen. «Oh», sagte ich. «Nein.»

Als wir aufbrachen, um etwas essen zu gehen, war ich erleichtert.

«Sie haben ausgezeichnete Salate dort», sagte meine Tante. «Das beste Outfit ist eine gute Figur.»

Ich stimmte zu.

Etwas über ein Jahr später, in Chapel Hill, North Carolina, erwachte ich aus nicht besonders schlechten Träumen. Ich hatte allein und auf dem Bauch geschlafen. Es war nicht der 11. September. Ich rang dem Wecker neun weitere Minuten ab. Dann klingelte er wieder; ich rang ihm noch einmal etwas ab, dann wieder das Klingeln, und endlich stieg ich, wie an so vielen anderen Morgen, aus dem Bett.

Im Bad reinigte ich mir das Gesicht mit Pfirsich-Peeling und sorgte dafür, wie ich es gewöhnlich tue, mich nicht allzu gesamtkunstwerkartig im Spiegel zu betrachten. Sondern in Ausschnitten. Nur genug, um mir einigermaßen sicher zu sein, dass über Nacht nichts allzu Groteskes in meinem Gesicht angekommen oder daraus verschwunden war und dass ich die Peelingcreme vollständig abgerubbelt hatte. Es ist wichtig, Spiegel zu meiden, wenn man nicht darauf vorbereitet ist, ihre täglichen Neuigkeiten zu akzeptieren, und ich glaube, bei etwas so bedeutungslos Verheerendem wie dem Aussehen ist Leugnen sozial konstruktiver als Verzweifeln. Nicht, dass etwas an mir besonderes daneben war – nur das Übliche.

Allerdings befindet sich unten im Hausflur ein Spiegel, in dem man sich sieht, auch wenn man nicht absichtlich hinschaut.

Dieser Spiegel behauptete, ich hätte rechtsseitig im Kreuz einen beträchtlichen Klumpen. Einen anatomisch abnormen und doch vertraut wirkenden Klumpen.

Ich hätte einfach weggeschaut, aber es war, wie ein Verbrennungsopfer oder eine absolute Schönheit zu sehen: Ich konnte vom Starren nicht ablassen. Meine Hand bewegte sich zu der Masse hin. Die Masse mochte es, berührt zu werden. Ich hob mein T-Shirt. Ich würde sagen, was ich sah, war bombig. Wenn auch bescheiden, vielleicht Körbchengröße B. Es brauchte keine Stütze. Es besaß die ganze erwartungsgemäße Anatomie, deren detaillierte Schilderung ich als Privatsache empfinde. Was ich sah, war wirklich, wie es im Buche steht. Bis auf den Ort, dort an meinem Rücken. Wie um sich vor mir zu verstecken. Oder wie um ein nicht anerkanntes Kind diskret zu unterhalten. Obwohl die Diskretion nur in einer Welt funktionieren würde, in der wir einander ausschließlich von vorn begegnen, oder allenfalls im Dreiviertelprofil. Denn im Profil ließ sich die Anatomie wirklich nicht leugnen.

Ich zog mein T-Shirt wieder herunter. Es war eng, aber glücklicherweise lang.

War das etwas Erbliches?

Ich machte mir Spiegeleier. Aus der Zeitung erfuhr ich, dass eine junge Freiwilligenhelferin in einem Großkatzenreservat von einem Löwen getötet worden war. Die Eltern sagten, ihre Tochter habe getan, was sie liebte, dort in dem Reservat; sie sei glücklicher gewesen denn je; alle Regeln seien befolgt worden; es sei ein seltenes und tragisches Unglück, keine Folge von Fahrlässigkeit; die Eltern schrieben dem Reservat keine Schuld zu; sie gaben das Großkatzenschutzgebiet als eine der wohltätigen Einrichtungen an, denen die Trauernden statt Blumen eine Spende zukommen lassen könnten. Ich will nicht behaupten, ich hätte mich nicht entstellt und gedemütigt gefühlt. Aber ich weiß, dass sich solche Dinge hauptsächlich im Kopf abspielen.

Wie das von der Großkatze angefallene und tödlich verunglückte Mädchen versuchte auch ich, etwas zu tun, was ich liebte. Ich studierte Bibliothekswissenschaften. Bibliotheken hatte ich schon immer geliebt. Niemand sieht dich dort an, und du kannst jeden ansehen, also sehen die anderen dich wahrscheinlich genau so an, wie du sie ansiehst, aber alles ist nett und ruhig, und jeder kann in seinem oder ihrem eigenen Kopfraum bleiben. Aber ich hatte nicht wirklich gewusst, was Bibliothekswissenschaften waren, und es stellte sich als hochgradig nicht übereinstimmend mit dem heraus, was ich aus meiner verschwommenen, mit zugekniffenen Augen und so wenig Information wie möglich – «Information» ist ein Wort, das ich nicht leiden kann, ein Begriff, dem ich misstraue – von ferne getroffenen Einschätzung geschlossen hatte. Dann stellte sich heraus, dass ich nicht einmal wirklich in einem Studiengang für Bibliothekswissenschaften gelandet war, ich war in einem Studiengang für Bibliotheks- und *Informations*wissenschaften, der im Kern auf «Informationsbeschaffung durch das Zusammenspiel von Anfragen und verfügbaren Datensammlungen» abzielte. Im Grunde erwarb ich Computerkenntnisse. Ich wurde zur Forscherin in Datenbanken ausgebildet. Ich besuchte einen Metadaten-Kurs über Verschlagwortung und Katalogisierung und einen anderen Kurs über Wissensmanagement.

An diesem ersten Tag meiner numerischen Überzähligkeit ging ich in die Fachbereichsbibliothek, um an meinem blassblau blechbeschichteten Arbeitsplatz eine zeitlich festgelegte Aufgabe zu erledigen. Es war ein Satz von zwanzig Suchanfrage-Transformationen. Suchanfrage-Transformationen sind genau das, wonach sie klingen. Ein Mensch will etwas wissen – etwas Einfaches, sagen wir: Wie sind die Jahreszeiten in der Mongolei?, oder weniger einfach, sagen wir: Wie war die Genderverteilung in der japanischen Literatur der Heian-Zeit? –, und idealerweise wird der Informationswissenschaftler der Bibliothek diese Wissbegierde in intelligent begrenzte Suchen in ausgewählten Datenbanken übersetzen, die dann navigationale Informationen zurückgeben.

Wie auch immer. Nummer einundzwanzig der Aufgabe bestand darin, eine eigene Suchanfrage und deren Ergebnisse zu generieren. Ich beschloss, nicht nach den jüngsten Entwicklungen meines Körpers zu fragen; mehr noch als Spiegel verbinden Internet-Reflexionen die Qualia von unverfälscht und ungetreu. Ich hatte einmal versucht, per Internet etwas über die Anthropologin Margaret Mead zu erfahren. Nach einer Stunde war mir nur der starke Eindruck geblieben, Meads vorrangiger intellektueller Beitrag habe darin bestanden, dem Begriff *semiotic* ein *s* hinzuzufügen. Das und für den größten Teil ihres späteren Lebens eine Frau zur Geliebten genommen zu haben. Ich nahm und nehme bis heute an, dass es wichtigere Dinge über Mead zu wissen gibt, aber wie sollte ich es wissen?

Mittags besuchte ich eine Vorlesung von Professor Sidwell. Es ging um das Problem der Versäuerung – was tun gegen die hydrolytische Zersetzung von Buchpapier, den «Säurefraß» aufgrund der niedrigen pH-Werte des Papiers, das in bestimmten entscheidenden Dekaden allgemein für den Buchdruck verwendet wurde? Professor Sidwell hatte die gleiche schiefe Haltung, die mein Dad gehabt hatte, und so fühlte ich mich ihm näher, als ich es in Wirklichkeit war. Am Anfang des Semesters hatte ich in der Cafeteria ein Gespräch mit ihm geführt, in dem er sagte, die amerikanische Küche sei seit den 1940er Jahren den Bach hinuntergegangen. Seine Großmutter sei eine große Köchin gewesen, aber sie sei der letzte Mohikaner. Ich sagte: War es nicht zumindest eine Verbesserung, chinesisches Essen kennenzulernen? Sojasoße? Nein, sagte er. Überhaupt nicht. Weithin verfügbare Tiefkühlung?, fragte ich. Nein, antwortete Sidwell, Tiefkühlung sei schrecklich gewesen. Tiefkühlung sei absolut katastrophal gewesen.

In der Vorlesung dieses Tages sagte Sidwell unter anderem, die neuen Entsäurungsverfahren – es gab mehrere, und sie waren alle schlecht – verliehen dem behandelten Papier eine unerfreuliche Textur (die falsche Textur), es gebe Pulver-ablagerungen, manchmal blute auch farbige Tinte aus, und auf den Buchkörpern blieben Klemmspuren zurück. Entsäu-rung beschleunige die Zerstörung, anstatt sie aufzuhalten.

Nach der Vorlesung ging ich zu Professor Sidwell nach vor-ne, um zu sehen, ob er mein verändertes Ich bemerken wür-de. Aber auch, um ihm einfach guten Tag zu sagen. «Ah, die Tiefkühlanwältin», sagte er. Er blickte mich kaum an. «Alles gut im Land der Jungen und Erfindungsfreudigen?»

«Die Vorlesung hat mir wirklich gefallen», sagte ich. «Ich vermute, wie man es macht, ist es verkehrt.»

«Nein, nein, das stimmt nicht ganz», sagte er. Er musterte mich. Sein Ton wurde merklich sanfter, als er sagte: «Neh-men Sie es mir nicht übel, ich meine es nicht so, aber Sie erinnern mich an meine Großmutter.»

«Interessant», sagte ich.

«Ich würde noch weitergehen und Sie etwas fragen. Sind Sie einer von diesen Makrobiotikfans geworden? Oder Vega-nerin? Ich rate stark davon ab.»

Ich konnte nicht erkennen, ob das eine Bestätigung mei-ner Veränderung war oder etwas anderes. Niemand von de-nen, die ich an diesem Tag sah, hatte bisher etwas bemerkt. Obwohl, eine im fünften Monat schwangere Kommilitonin hatte kürzlich etwas Ähnliches berichtet: Niemand habe es bemerkt.

Und das war der Tag. Ich glaube, der Umschwung meiner romantischen Aussichten hätte mich etwas mehr beschäftigen oder verstören können – entweder hatte ich einen schlimmen Schlag erlitten oder, auch das war mit geringer Wahrschein-lich-keit möglich, einen ungeheuren Segen empfangen –, aber ich wusste ungefähr, wie es um meinen Beziehungszyklus stand.

Dienstags, mittwochs und freitags, wenn ich keine Nachmittagskurse hatte, arbeitete ich in einem außerschulischen Betreuungsprogramm für junge Mädchen mit, das sich GRLZ nannte. Jeden Freitag gab es Bardo-Übungen, ein Training zur Bewältigung von «Wahrnehmungsverzerrungen». Eine Woche zuvor hatte unsere Bardo-Übung darin bestanden, den Lebensmittelladen aufzusuchen, mit dem Ziel, alle Gänge entlangzugehen, ohne etwas zu berühren, ohne etwas zu kaufen, ohne auch nur die Sensoren der automatischen Türen auszulösen, indem wir anderen Leuten, die sie ausgelöst hatten, hinein und hinaus folgten. Damit verbrachten wir eineinhalb Stunden. Es war, wie zu üben, ein Geist zu sein.

Der Mechanismus von Bardo-Aktivitäten besteht darin, dass sie absolute Konzentration verlangen, dich selbst aber zugleich ausblenden. Ich weiß, dass diese Übungen idiotisch klingen, sage ich zu den Mädchen, aber sie scheinen zu funktionieren. Oder zumindest etwas zu bewirken. Die Rückfahrt im Kleinbus nach dem Lebensmittelladen beispielsweise war sehr friedlich. Obwohl ein Mädchen zu weinen begann. Aber auf eine sehr unauffällige Weise. Die Mädchen in der Gruppe sind – «schwierig» würde ich nicht sagen, es ist eher so, dass sie Schwierigkeiten haben. Die meisten von ihnen werden von der nahegelegenen Kinderklinik zum GRLZ geschickt und haben Lupus oder Essstörungen, schweres Asthma oder frühe Probleme mit Alkohol und Drogen.

An diesem Tag blieben wir zum Bardo in der Nähe unseres Standorts. Die örtliche Mormonenkirche stellt dem GRLZ einen kostenlosen Raum zur Verfügung – ein großes, offen gestaltetes Untergeschoss mit Abstellregalen, auf denen sich alles Mögliche befindet: Einmachgläser mit Erdnussbutter, Bottiche mit Essiggurken, Kostüme von früheren

Weihnachtsaufführungen, Kartons voll bunter Pfeifenputzer, Garnstränge, haufenweise farbiges Papier, Schachteln, deren Etiketten man nicht trauen kann, die aber *Life cereal* enthalten sollen. Ich öffnete das Bardo-Notebook und begann auf einer zufälligen Seite aus Aktivität #14 vorzulesen: «‹Geht ruhig im Raum umher, ohne etwas zu berühren, außer dem Boden mit euren Füßen –›»

«Wir alle berühren dauernd Luft», unterbrach Alina, das kraushaarigste und isolierteste der Mädchen. «Luft ist auch etwas.»

«Das stimmt», sagte ich. «Sehr gut. Also: ‹Während ihr ruhig im Raum umhergeht, haltet inne und merkt euch, fast als nähmet ihr Bilder auf wie eine Kamera, Perspektiven, Orte oder Dinge, die euch ans Totsein erinnern.›»

Ich verspürte einen leichten Schwindel bei dem Gefühl, eine Übung für «Fortgeschrittene» erwischt zu haben. «Achtet besonders auf die genauen Worte, ja?» Ich fuhr fort, dem Text folgend. «Es geht nicht darum, was euch *an den Tod* erinnert. Oder *ans Sterben*. Es heißt ausdrücklich: Dinge, die euch ans *Totsein* erinnern. Denken wir darüber nach, was das bedeuten könnte.»

An dieser Stelle sagte Brandee, die Lupus und gute Manieren hat, zu mir: «Sie sehen seitwärts schwanger aus.»

«Ich bin nicht schwanger, aber danke für die Nachfrage.»

«Ich habe nicht schwanger gesagt, sondern seitwärts schwanger.»

«Habt ihr noch irgendwelche Fragen zu der Übung?», fragte ich. «Hört auf euren Instinkt. Ich stelle die Eieruhr auf fünfundvierzig Minuten. Danach versammeln wir uns wieder und diskutieren. Versucht einfach, euch entspannt darauf einzulassen.» Die Umgebung war ideal für die Übung, wirklich. Das fluoreszierende Leuchten wurde in einer Weise von dem Stahlkühlschrank reflektiert, dass es aussah, als wäre man nicht mehr in Kansas.

«Das passiert, wenn du Bulimie hast», sagte ein anderes Mädchen. «Dieses Seitwärts-Ding.»

«Nein», sagte eine Dritte. «Wenn du Bulimie hast, sind deine Zähne schwarz, und du hustest Blut. Daher kommt die Idee von Werwölfen, diesen hungrigen Biestern mit blutigen Mäulern –»

«Das stimmt nicht. Bei Bulimie platzt dir der Leib aus den Rippen –»

«Dieses Blutmaulzeug, das hat was mit Inzucht zu tun, nicht mit Bulimie –»

«Ich wollte keine große Sache daraus machen», sagte die stille Brandee.

Ich bescheinigte den Mädchen, ihre Neugierde und Spekulationen seien normal, sogar bewundernswert. Ich gab eine schlichte Erklärung ab, dass das, wovon sie redeten, eine Brust sei. Meine Hoffnung war, dann schnell darüber hinweggehen zu können.

«Ich finde, das sieht scharf aus», sagte Lucille, das GRL unter den Girls, die selbst besonders «scharf» war und bei ihrer Ankunft zwei Wochen zuvor allein dadurch, dass sie aussah, wie sie aussah, die Gruppendynamik aufgemischt hatte. Sie war eine von der körperlichen Sorte, schon voll und kurvig, über die ich Männer hatte sagen hören, sie sei so reif, dass man sie pflücken müsse, ehe sie verfaule. Lucille schoss mit ihrem Handy ein Foto von mir. Ich bat sie freundlich, das zu unterlassen. Sie machte noch einige weitere Fotos. Wenigstens mochte ich die marineblaue Farbe des engen langen T-Shirts, das ich trug. Im Kontrast zu dunklen Farben sieht mein Gesicht am besten aus. Ich würde mehr von diesen längeren Shirts brauchen, schrieb ich mir ins Gedächtnis. Lucille fuhr fort: «Wissen Sie, die Models, die sind alle so was von flach, die haben überhaupt keine Brüste. Die werden nur als Models genommen, weil sie aussehen wie Jungen, man weiß doch total genau, dass es das ist, wovon die ganzen schwulen Modemacher träumen, von einer Welt, in der auch die Mädchen Jungen wären, sie versuchen *uns* dazu zu bringen, uns zu wünschen, dass wir Jungen wären, uns umzudrehen, damit *wir* denken wie *sie*, und das ist so was von falsch. So was von falsch, aber echt, und darum find ich's ja so cool; das ist, wie wenn Sie sagen: Nein, ich bin so was von definitiv kein Junge, kein Mann, einfach gar nicht, dass man es echt nicht mehr bestreiten kann.»

Ich wiederholte, für Lucille und für alle anderen, ich sei bereit, den Timer zu stellen. Dann las ich die Übungsanleitung noch einmal von Anfang bis Ende vor. Ich betonte erneut, wir begäben uns nun in die ruhige Bardo-Zeit. Das war's. Ich setzte mich auf eine Kostümtruhe und wartete, dass die Minuten vergingen. Ich habe gern Kinder um mich. Das holt mich aus mir heraus; jedenfalls macht es irgendwas mit mir. Es hatte eine Frau gegeben, Helen Magramm, deren Kinder, zwei Jungen, ich als Teenager gehütet hatte. Ich besaß überhaupt keine Autorität bei diesen Kids, und fast jedes Mal endete es damit, dass einer oder beide weinten, bevor die Eltern nach Hause kamen. Ich wundere mich, dass keiner je ernsthaft verletzt wurde. Eines Nachts, Jahre später, die Jungen waren auf der Highschool, wachte der Ehemann auf, weil seine Frau im Schlaf einen Anfall hatte. Es stellte sich heraus, dass es ein Hirntumor war. Der Tumor wurde herausgeschnitten, und sie erholte sich. Drei Jahre später starb der jüngere Sohn bei einem Autounfall. Schließlich wurde die Mom mit etwas über vierzig in ein Pflegeheim gebracht, nachdem der Tumor zurückgekehrt war. Ich hatte wohl in sieben verschiedenen Städten gelebt, seit ich Helen Magramm zuletzt gesehen hatte; das war, glaube ich, der Grund, weshalb ich sehr selten an sie dachte; ich war fern von fast allen Auslösern, die mich in mein Teenagerdasein zurückbringen konnten. Vor nicht allzu langer Zeit tauchte Helen kurz in einem meiner Träume auf; und ein paar Tage später erzählte mir meine Mutter, Helen sei gestorben. Das hat mir natürlich einen Schrecken eingejagt.

Ich beschloss, jemand Professionellen aufzusuchen wegen der Brust.

Die Ärztin hatte dickes langes blondes Haar und einen leichten russischen Akzent. Als sie meinen Nacken abtastete, wehte mich ein Hauch von Eukalyptus an, der von ihrer Handcreme oder Seife kommen musste. Ich vertraute dieser Ärztin, weil ich ein paar Monate zuvor wegen unregelmäßiger Ohrenschmerzen bei ihr gewesen war, die ich jahrelang gehabt hatte – immer im selben Ohr, und der Schmerz war morgens schlimmer, aber ich konnte nicht voraussagen, an welchen Tagen er da sein würde –, und sie hatte ohne Getue festgestellt, dass meine Ohrenschmerzen die Manifestation von Sodbrennen waren. Ein diagnostischer Test mit Prilosec hatte das Problem zum Verschwinden gebracht. Sie erzählte mir eine angeblich wahre Geschichte darüber, wie vor langer Zeit, in einer frühen präembryonalen Phase, der Hörnerv und der Ösophagusnerv ganz nahe beieinandergelegen hätten und es eine Erinnerung an diese Nähe sei, die zur Verwechslung der Schmerzen in den beiden Regionen führe, und dass die einstige Nähe fortbestehe, auch wenn sie einander jetzt fern seien. Es war eine phantastische, schillernde Geschichte, ja, aber ich meine, sie hat mich geheilt. Nach dieser Lösung kam mir Dr. Jane Shliakhtsitsava wie eine Drachentöterin vor. Außerdem konnte ich nicht anders, als ihr zu vertrauen, weil sie wunderschön war.

Ich schaltete mental ab, während sie die dorsale Brust untersuchte.

Sie fragte mich nach Herzklopfen, nach nächtlichen Schweißausbrüchen, plötzlicher Gewichtszunahme, plötzlichem Gewichtsverlust. «Irgendetwas Wichtiges, was Sie bedauern?», fragte sie.

«Ich glaube nicht», sagte ich.

«Verluste, die Sie nicht angenommen haben?»

«Nicht wirklich. Ich meine, ich bin fern von zu Hause. Aber das sind wir wohl alle, nicht wahr?»

«Haben Sie versucht, Kinder zu bekommen oder Kinder zu adoptieren? Oder darüber nachgedacht?»

«Nein.»

«Haben Sie ein Kind verloren?»

«Nie.»

«Haben Sie einen geliebten Menschen verloren? Oder eine Liebe? Sehnen Sie sich nach Ihrer Kindheit zurück?»

«Ich verstehe nicht, worauf Ihre Fragen hinauslaufen», sagte ich.

«Ich frage nach diesen Dingen», begann sie, und ihr Akzent klang mir plötzlich falsch, «weil sie sich sehr oft durch unseren Körper ausdrücken. Das ist nichts, wofür man sich schämen müsste. Der Körper spricht eine Sprache. Es ist wie eine Fremdsprache, die wir alle sprechen, aber von der wir vergessen haben, wie sie zu verstehen ist. Vielleicht haben

Sie schon einmal etwas von Scheinschwangerschaften gehört, von Frauen, die alle Zeichen und Symptome einer Schwangerschaft entwickeln, obwohl sie gar nicht schwanger sind. Es ist keine Schande, in Zeichen zu sprechen. Sie sollten sich keine Sorgen wegen des Worts ‹Hysterie› machen. Es sind nicht nur Frauen, die diese Sprachen sprechen. Ich glaube, Männer beherrschen sie sogar noch fließender –»

«Haben Sie Ihre Ausbildung in Oregon gemacht?»

«In Wladiwostok», sagte sie. «Aber ich bilde mich immer weiter. Noch heute bilde ich mich weiter.»

«Ich möchte nur, dass Sie mir sagen, ob ich sterbe oder nicht. Wirklich, das ist alles.»

Sie zog einen grünen Filzstift aus ihrem Laborkittel und schrieb zwei Wörter in Großbuchstaben auf das weiße Fleischpapier auf dem Untersuchungstisch. «Ich verstehe, dass Sie mehr an Prognostik als an Diagnostik interessiert sind», sagte sie, auf die zwei Wörter deutend, die sie geschrieben hatte. Sie machte eine Pause. «Das ist normal. Ich verstehe das. Aber ich finde weder Diagnostik noch Prognostik so richtig spannend; was mich wirklich interessiert, ist einfach *Gnostik*.» Sie hatte die übereinanderstehenden GNOSTIK-Endungen der beiden Wörter unterstrichen und zeigte mit dem Finger darauf. «Gnostik an sich.»

Es hatte einmal eine Fernsehserie gegeben, in der ein Gnu namens Gary Gnu die Gnachrichten vortrug. «Es scheint so, als glaubten Sie nicht an Krankheit», sagte ich.

«Ich glaube an Gesundheit», sagte Dr. Shliakhtsitsava.

Ihre gerahmten Zeugnisse legten eine normale Zulassung nahe; außerdem hatte sie mir schon einmal geholfen; das Jupiterlicht von etwas schräg darf einen nicht gegen frühere Güte blenden.

«Aber glauben Sie, dass sie ohne Risiko entfernt werden kann?», fragte ich. «Glauben Sie, dass meine Versicherung die Operation bezahlt? Sie gilt doch nicht nur als kosmetisch, oder? Ich meine, es ist ja ein ziemlich extremer Fall. Würde ich eine Vollnarkose brauchen?»

«Ich kann Ihnen all diese Fragen beantworten», sagte sie und nahm vollen Blickkontakt auf. «Und ich werde sie Ihnen alle beantworten. Aber zuerst möchte ich sagen» – und hier schien ihr Status als Schönheit ihr Gesicht mit gebenedeiter Gewissheit erröten zu lassen –, «dass Sie vielleicht doch noch mal über diesen neuen Teil Ihrer selbst nachdenken sollten. Nehmen Sie sich einfach etwas Zeit und denken Sie darüber nach. Wollen Sie sich wirklich verändern, nur um mit der Mode zu gehen, wenn Sie nicht einmal wissen, was die Mode als Nächstes bringen wird? Das könnte nicht die Persönlichkeit sein, die Sie sein wollen.»

Der Besuch kostete mich 215 Dollar. Ich wusste es zu schätzen, dass sie sich die Zeit genommen hatte, wirklich mit mir zu sprechen.

Es wurde Frühling. Blumen, es waren wohl Osterglocken, kündigten sich an. Etwas, was Hartriegelblüten sein mochten, schmückte Bäume der Umgebung. Ich begann, nach Eis am Stil mit Fruchtgeschmack zu schmachten. Eines Abends, auf der Straße, traf ich zufällig eine Frau, die ich von früher kannte, als ich auf der Highschool war. Sie hatte unverwechselbar große und weit auseinanderstehende Augen und schien nie in die Pubertät gekommen zu sein; vielleicht war es etwas Medizinisches gewesen; wie auch immer, es machte sie leicht wiedererkennbar. Sie sei in der Stadt, um zu helfen, einen Ententeich für den Campus zu entwerfen oder vielmehr eine

Art Gänseteich, erklärte sie, einen Ort, der die Kanadagänse anregen solle, im Zuge ihrer jährlichen Wanderungen zu rasten. Was für eine Freude, dich zu sehen, sagte sie. Weißt du, ich wollte dir schreiben, fuhr sie fort. Um zu hören, ob es dir gutgeht. Aber ich wollte nicht, dass du dich herausgestellt fühlst. Ich hatte so viele Jahre nicht mit dir gesprochen.

Mach dir deshalb keine Sorgen, sagte ich. Ich freue mich einfach, dich getroffen zu haben.

Ich hatte keinen Schimmer, worüber sie redete. An diesem Abend fing ich an, im Internet nach mir zu forschen.

Irgendjemand, wahrscheinlich eines der GRLZ oder eine ihrer Freundinnen, hatte eines der eher lässig wirkenden Fotos von meinem «Zustand» an seine Pinnwand bei Pinterest gepinnt, von wo es zu zahlreichen weiteren Pinterests und Tumblrs und an andere mir unbekannte Orte gewandert war, und diese Bilder hatten mit anderen Bildern Synapsen gebildet, waren kommentiert mit anderen gereist und kollidiert und schließlich ein Buzzfeed geworden, gepaart – was die Zugriffe erst richtig vermehrt haben muss – mit dem Foto einer Schauspielerin aus einem Remake des Films *Total Recall*; die Frau – sie spielte eine Außerirdische oder so – stellte drei Brüste quer zur Schau und trug ein Outfit, das diese Brüste nur mit einem Straps über den Nippeln bedeckte. Sie war ganz unbestreitbar scharf. Obwohl das auch irgendwie strittig war, wie die Kommentare zeigten. Doch der größte Teil des Gemäkels, Gespötts und der liebevollen Unterstützung galt nicht der abgewandelten Schönheit aus einem fiktionalen, dystopischen 2084 in rotem Kleid und schenkelhohen schwarzen Lederstiefeln, sondern mir. Ich war eine Ausgeburt von Hässlichkeit, die über sich hinwegkommen musste, oder jemand, der tapfer zu seinen eigenen Entscheidungen stand, oder eine Vierte-Welle-Feministin, ein Fakestertum-Symptom, eine Rebellin wider die Tyrannei des «Natürlichen» oder ein Mensch, der wirklich, wirklich Hilfe brauchte … Es war ungewiss, was ich noch erfahren würde, wenn ich mehr las, und ich war mir nicht sicher, ob ich es erfahren wollte. Trotzdem gefiel mir einer der Kommentare, in dem sich jemand fragte, ob dies «ein Unterschied» sei, «der einen Unterschied» mache. Er/sie postulierte, genau das sei Wissen: ein Unterschied, der einen Unterschied macht. Der nächste Kommentar verglich mich mit Eugenikern. Ich hörte auf zu lesen. Ich schrieb den Web-Administratoren der ersten paar Seiten, auf die ich gestoßen war, sofern ich Kontaktadressen ausfindig machen konnte; ich bat höflich darum, mein Foto zu entfernen. Es war schließlich ein Foto von mir, einer gewöhnlichen Bürgerin, die sich nicht selbst ausgestellt hatte. Nur ein einziger schrieb mir zurück. Er drückte Verständnis aus. Er sagte, er bewundere meinen Mut, eine körperliche «Stellungnahme» abzugeben, und lud mich ein, an einer von ihm geleiteten Interview-Serie, betitelt *Amerikanische Erfindungen*, auf seinem YouTube-Kanal teilzunehmen. Es gebe *Freiheiten von* und *Freiheiten zu*, sagte er. Das mache die Größe dieses Landes aus, sagte er. Frühere Teilnehmer seien unter anderen die berühmte Unterwäsche-Designerin Lorna Drew und der Gewinner von *Survivor Panama*, Aras Baskaukas, gewesen.

Ich hatte einmal eine Muttersau auf einer Farm gesehen. Diese Sau muss an die zweitausend Pfund gewogen haben und wurde in einem kleinen Verschlag gehalten – nicht die schlechtesten Bedingungen, nur deprimierende –, und sie hatte Druckgeschwüre im Umkreis ihres Schwanzes, der allem Anschein nach abgeschnitten worden war; die Geschwüre hatten Fliegen angezogen; sie hatte viele Zitzen, und auch die sahen aus wie Geschwüre, womöglich auf engem Raum mit Geschwüren verwachsen; ihre Babys waren nicht bei ihr; sie hatte ihre Ruhe in dem Stall. Ich beschreibe das, weil es genau dem entspricht, wie ich mich fühlte. Ich stieß auf Geschichten, die Sojakonsum mit verstärkter mammärer Entwicklung verbanden; auf eine andere Geschichte über einen Schönheitschirurgen aus Los Angeles, der Bauchnabelentfernung im Paket mit Brustvergrößerung anbot. In Deutschland entwickelten manche Soldaten ausgeprägte Brüste durch den permanenten Rückstoß von Gewehren. Ich bin keine von denen, die daran verzweifeln, dass das Universum expandiert. Aber während sich Nachrichten und Daten vermehren und die überfüllten Kanäle immer lauter werden, fühle ich, dass der Raum zwischen mir und ihm, was auch immer es sein mag, ständig größer wird. Ich rief weder meine Mom an noch meine Tante oder meinen letzten Freund, auch keinen der Freunde aus der Zeit davor. Ich postete nichts auf Facebook, was andere mit großherziger Sympathie hätten kommentieren können. Aber ich fühlte mich sehr weiblich. Ich ging los und kaufte mir so etwas wie ein Mod-Kleid, eine Art Hänger.

WALDBEERENBLAU

Dies ist eine Geschichte über meine Liebe zu Roy, obwohl ich zunächst ein paar Worte über meinen Dad sagen muss, der jeden Samstag mit mir dort war, im McDonald's, wo er sein kleines Mädchen, ich war ungefähr neun, die verbrauchten Döschen Kaffeesahne ausschlürfen und zu chaotischen Türmen aufstapeln ließ. Mein Dad trank aus seinem bodenlosen Nachfüll-Kaffeebecher und las Zeitung, während ich meine McDonaldland-Kekse in Milch tunkte und so tat, als läse auch ich Zeitung. Er trug feingestreifte, durchgeknöpfte Hemden, mit Perlen-Druckknöpfen besetzt. Er hatte mädchenhafte Handgelenke, eine breite Stirn wie ein Römer, ein erschreckendes Niesen.

«Wie ist der Kaffee?», fragte ich immer.

«Nicht gut, nicht schlecht. Wie ist die Milch?»

«Super», sagte ich dann. Oder vielleicht «ausgezeichnet».

Meine Mom war daheim und machte Hausputz; unser Job bei McDonald's war es, ihr aus dem Weg zu sein.

Und so lief das jeden Samstag. Wir waren Juden, wir hatten unsere Rituale. So denke ich mir das. Obwohl wir als säkulare Israelis in der Wildnis Oklahomas lebten, hing etwas Unvermeidliches in uns noch immer an gewissen Wiederholungen.

Viele von denen, die im McDonald's arbeiteten, waren ehemalige Patienten meines Dad: meistens Drogensüchtige und Alkoholiker in Reha-Programmen. Ein paar altbekannte Depressionen. Gelegentlich ein Paranoiker. McDonald's stellte Leute an, die niemand anders anstellen würde; ich denke, das war eine Strategie. Mein Dad war praktisch die Verbindung zwischen McDonald's und der Psychiatrie. Der Manager von McDonald's, ein tiefgläubiger Christ, kam regelmäßig bei uns vorbei, um guten Tag zu sagen und sich für viele Dinge bei meinem Dad zu bedanken. Einmal dankte er ihm dafür, dass er, als Jude, das Wort Gottes all die finsteren Jahre hindurch so sicher bewahrt habe.

«Ich bin mir da nicht so sicher», hatte mein Dad geantwortet.

«Aber dadrinnen, in Ihrem Innern, da hat es die ganze Zeit gelebt», sagte der Manager. Er war ein netter Mann, bewundernswert tolerant angesichts der mitgelieferten Dramen seiner Belegschaft, Dramen, die ich am Rande aufschnappte. Ständige Abwesenheit, Bagatelldiebstähle, einmal ein Arbeiter, der sich auf der Toilette den goldenen Schuss setzte. Ich hatte keine Ahnung, was das bedeutete, sich den goldenen Schuss setzen, aber es klang gruselig. «Sie hauen einfach ab, entziehen sich jeglicher Kontrolle», hörte ich den Manager sagen, und der Satz ging mir nicht mehr aus dem Kopf. Ich stellte mir jemanden vor, der weglief, indem er mit der linken Seite eine Samtkordel anhob und die rechte zurückließ.

Manchmal, beim Eintunken meiner McDonaldland-Kekse – FryGuy, Grimace –, hielt ich den Keks zu lange in die Milch, sodass er sich vollsaugte und auf den Boden des Bechers sank. Dort wurde er zu etwas Mehligem, Vulgärem. Grauenhaft.

Ich verlor den Appetit. Obwohl die Oberfläche der Milch oft unberührt war, spürte ich die Anwesenheit des Kekses dort unten, lauernd. Wie ein uriger bodenlebender Fisch mit beiden Augen auf einer Kopfseite.

Dann kippte ich den Becher langsam zurück, um zu sehen, was ich zu sehen befürchtete, nur um dieses schwummrige Gefühl zu spüren und auch das schwummrige Vorgefühl, zu wissen, dass das richtig schwummrige Gefühl noch kommen würde, die vorweggenommene Übelkeit. Schön, grauenhaft: Ich hatte eine fortlaufende Liste im Kopf. Fusseln aus dem Sieb eines Trockners entfernen – schön. Greller Glanz auf Glas – grauenhaft. Mehlwürmer – auch grauenhaft. Die Stoppeln abrasierter Haare in den Achselhöhlen einer Frau – schön.

An dem Samstag, an dem ich Roy begegnen sollte, blickte ich zu meinem Dad auf, nachdem mir ein Keks in die Milch gefallen war. «Keks», quietschte ich und zog dem Becher ein saures Gesicht.

Mein Dad holte seine abgewetzte Lederbörse mit dem unerklärlichen Rostring vorne aus der Tasche. Er gab mir einen Dollar. Meine Mom gab mir überhaupt kein Geld, und mein Dad gab mir immer mehr, als ich brauchte. (Manchmal nannte er mich auch die Königin von Saba, etwa wenn ich mich auf einen Esszimmerstuhl stellte, um zu sehen, wie die Dinge von oben aussahen.) Die zerrissene Ecke des Scheins, den er mir gab, war mit vergilbtem Tesafilm zusammengeklebt. Jemand hatte mit blauem Kuli «Ich liebe Becky!!!» auf den Dollarschein geschrieben, über das Siegel der Staatskasse.

Ich gehe mit dem Becky-Dollar an die Theke, um meine Ersatzmilch zu kaufen, und was ich sehe, ist ein Tattoo, von dem ich das meiste nicht sehen kann. Ein gestärktes langärmliges weißes Hemd verdeckt das meiste davon. Aber ein kleines schwarzblaues Gitter kann ich sehen – ein Fragment wie eine kunstvolle alte Metallarbeit, das ganz übers Gelenk auf den Handrücken herunterkriecht und dann nach einem Schwups über eine sehr pralle Vene hinweg abknickt. Die Vene ist dermaßen geschwollen, dass ich mir vorstelle, meine Wange daraufzulegen, um zu fühlen, wie das Blut pulsiert und fließt, ja es vielleicht sogar zu hören. Schön. So schön. Ich weiß nicht, warum, aber ich bin mir sicher, dass dieses Tattoo bis ganz oben an seine Schulter reicht. Seine Haut ist tief gebräunt, aber die Häutchen zwischen den Fingern sind rußig hell.

So ein schönes Gefühl. Ich habe es noch nie bei einem Menschen empfunden. Nicht auf diese Weise.

In einem zittrigen Moment blicke ich zu dem gravierten Namensschild hoch. Da ist ein gelbes *M*-Logo, dann «Roy».

Ich lege meinen Dollar auf die Theke. Ich lege ihn hin, als wäre er ein Passwort, dessen ich mir unsicher bin, das ich aus einer unzuverlässigen Quelle habe. «Milch», sage ich leise.

Roy, in dessen Gesicht ich endlich blicke, starrt vor sich hin, nach oben und über meinen Kopf hinweg wie ein gelangweilter Strandwächter. Er hat mich nicht gehört oder bemerkt, meine Wenigkeit, die Einzige, die ansteht. Roy beißt sich auf die Unterlippe, und einer seiner Zähne, einer der Eckzähne, ist viel weißer als die anderen. An den Wangenknochen sieht seine Haut trocken und kreidig aus. Seine Augen sind blau, mit schönen geröteten Lidern.

Ich versuche es erneut, etwas lauter. «Milch.»

Er hört mich noch immer nicht; ich habe langsam das Gefühl, gleich weinen zu müssen wegen dieser aufgestauten

Momente des Nichtsseins. So fühlt es sich an, wenn man so nahe vor dieser Art von Schönheit steht – wie Nichtssein.

Entschlossen, aufzugeben, wenn ich nicht bald bemerkt würde, mache ich eine letzte Anstrengung und schiebe den Dollar, auf Zehenspitzen vornübergelehnt, weiter die Theke entlang, so lange, bis er Roys Oberschenkel kitzelt, der an der Thekenkante lehnt.

Er schaut zu mir herab, erschrocken, und plötzlich lacht er. «Hi, Klein-Sexy», sagt er. Dann lacht er wieder, zu laut, und der andere Kassierer, der einen verschrumpelten und gelähmten Arm hat, dreht sich um, schaut her und wieder weg.

Diese paar Sekunden kommen mir vor, als wären sie alles, was ich je erlebt habe.

Während ich, irgendwie zu meiner Milch gelangt, an den Tisch zurückgehe, frage ich mich, ob ich grün bin oder einen schrillen Pfeifton von mir gebe oder ob ich tot bin.

Es ist nicht wirklich das erste Mal, dass ich Roy gesehen habe, wird mir klar, als ich wieder am Tisch bin und mit großer Konzentration meinen Hamburglar-Keks in die kalte Milch tunke. Ich denke, vielleicht habe ich Roy – dieses struppige blonde Haar – jeden Samstag an all meinen Samstagen gesehen. Ich beiße von meinem Keks ab. Bestimmt habe ich ihn schon gesehen. Nur irgendwie nicht auf diese Weise.

Mein Dad scheint sicher in das abgetaucht zu sein, was auch immer hinten auf der Kreuzworträtsel-Bridgekommentar-Seite stehen mag. Ich verspüre – ein ganzer Birkenbaum drückt gegen meine Innenwände, voller Blätter, die bis oben in meine Kehle hinaufreichen – das seltsame Gefühl, ein anderes Leben zu wollen. Ich habe schon gedacht, gewisse

Jungen in meiner Klasse hätten hübsche Gesichter, aber nie zuvor habe ich Lust verspürt, meinen Kopf auf die Vene am Handgelenk eines Mannes zu legen. (Manchmal denke ich noch immer an diese Vene.) Fast verzweifelt frage ich mich, ob Roy mich hier sehen kann, hier am Tisch, mit meinem Dad, wo ich scheinbar an all meinen Samstagen gewesen bin.

Um meiner Beklemmung Herr zu werden, versuche ich zu denken: Woher kommt es, dass ich mich so fühle? So besessen? Ist es ein Geruch, der in der Luft liegt? Es riecht nur nach rindfleischgeschwängertem Fett. Was recht angenehm ist, aber nichts Neues. Eine Spur Senf. Ein leichter Dunst von Desinfektionsmitteln. Ich frage mich dunkel, ob Roy nicht Jude ist, als wäre jenes fatal schwindelerregende Gefühl dann ganz normal. Als wäre das, was mich beeindruckt hat, in Wirklichkeit nur eine verdeckte Familienähnlichkeit. Aber ich weiß, dass wir fast die einzigen Juden am Ort sind.

Esther hat den heidnischen König geheiratet, denke ich in einem verzweifelt absurden Geistesblitz.

Da etwas in mir für immer bleiben will, esse ich meine Kekse schnell auf.

«Lass uns gehen», sage ich.

«Schon?»

«Können wir nicht einfach gehen? Lass uns gehen.»

Bald gibt es den Mittelaltermarkt, denke ich zum Trost den ganzen Sonntag, nur noch zwei Wochenenden. Auf dem Mittelaltermarkt bist du immer glücklich, sage ich mir, als es mir nicht gelingt, Spaß am Sortieren meiner Briefmarken zu haben, nicht gelingt, freudig und erwartungsvoll auf dem Esszimmerstuhl zu stehen. Stattdessen phantasiere ich davon, die Pommes-Friteuse hinten im McDonald's zu bedienen.

Ich stelle mir vor, wie ich lerne, im Handumdrehen Happy-Meal-Tüten zu füllen, das Papier wie nix um die Hamburger zu wickeln. Ich male mir aus, dass ein Stuhl für mich hingestellt wurde, damit ich draufklettern und die Apfeltaschen-Ausgabe erreichen kann; Roy sieht mich, passt auf, dass ich nicht falle. Und ich bekomme ein Tattoo. Einen Vogel oder einen Fisch oder einen Ring aus Vögeln und Fischen um mein Fußgelenk.

In diesen Tagträumen ist kein Glücksgefühl. Nur eine übervolle, fieberhafte Leere.

Montags in der Schule sitze ich deprimiert in der dritten Reihe von Mrs. Browns Klasse, weil es sich nach dem Rotationssitzplan mit wöchentlichem Platzwechsel nun einmal so ergibt. Ich quäle mich durch Aufgaben in schriftlicher Division, durch Textfetzen über Magellan. Da ich nicht vorne sitze, kann ich die meiste Zeit darauf verwenden, ein mordsmäßiges Labyrinth zu zeichnen, das sich bis zu den äußersten Rändern meines Hefts erstreckt. Derweilen liest die Lehrerin uns etwas über ein Mädchen und sein Pferd vor. Irgendetwas. Über ein Pferd. Wen interessiert's! Wen interessieren schon Pferde!, denke ich, plötzlich von unerwarteter Wut erfüllt. Dieser extraweiße Zahn. Das kriechende Gitter des Tattoos. Ich tue alles, um mich meinem Labyrinth zu widmen, drücke den Bleistift fest aufs Papier, wie um meinen Fokus besser festzuhalten.

Alles umsonst, sogar mein wucherndes Labyrinth, umsonst. Ein Gestöber von Bleistiftspänen – wie ausgehaucht kommen sie aus dem Anspitzer – lenkt mich ab. Ein jäher Phantomschmerz am Ellbogen verzehrt meine Aufmerksamkeit.

Dramatisch zerknülle ich mein Labyrinth, setze zu einem

Basketballwurf in den Papierkorb an, wie die Jungen es immer machen. Natürlich treffe ich nicht, aber niemand scheint es zu bemerken, so ist das eben mit meinem Leben in der Schule, wo ich immer nur auf dämliche, peinliche Weise bemerkt werde, etwa wenn ein Aushilfslehrer meinen Namen nicht aussprechen kann. Aus der Freudlosigkeit meines Basketballwurfs heraus blicke ich zu meinem Exschwarm Josh Deere hinüber, ganz traurig um seinetwillen, um seines ach so kleinen Lebens willen.

Eines Tages, denke ich, wird wieder Samstag sein.

Aber die Zeit schien sich so langsam vorwärtszubewegen. Ich hatte den Appetit auf gewisse Einzelheiten des Lebens verloren.

«Weißt du etwas über diesen Typen bei McDonald's mit dem einen richtig weißen Zahn?» Ich wage diese Frage an meinen Dad. Bei *Kojak* ist gerade Werbepause.

«Roy ist ein rekonvaleszenter Heroinsüchtiger», sagt mein Dad, während er sich umdreht, um mich anzustarren. Er hat schon immer Dinge zu mir gesagt, die andere Leute nicht zu ihren Kindern sagen würden. Er hatte mir bereits vom Ödipuskomplex erzählt, und ich hatte seinen starren Blick blöde erwidert. Er verteidigte General Rommel vor mir, obwohl ich keine Ahnung hatte, wer General Rommel war. Er trug komplexe Argumente über den Bosporus vor.

Das also sagte er über Roy zu mir, und das hätte er offensichtlich nicht sagen sollen. (Hier denke ich Jahre später noch immer an das Geheimnis jener prallen Vene, die im Widerspruch dazu erscheint. Darum frage ich mich gelegentlich, ob es nicht zwei Roys gab.)

«Ich weiß nicht, was das für eine Geschichte ist mit diesem

Zahn», fügt mein Dad hinzu. «Vielleicht ist er falsch?» Und dann ist er wieder beim Geheimnis von *Kojak*.

Unerfüllt, wie ich mich fühle, spaziere ich in die Küche und beginne meine Mom wegen des Purim-Kostüms für den Karneval zu löchern, der noch zwei Sonntage, eine Ewigkeit, entfernt ist. Der Purim-Karneval findet in Tulsa statt, über eine Stunde Autofahrt von hier; ich kenne die Kinder dort nicht, und mein Kostüm kann nie mithalten. «Und die Krone», erinnere ich sie dumpf. Ich bin nicht wirklich frech genug, um zu sagen, sie könnte mir doch einen von den schönen Haarkränzen kaufen, die es auf dem Mittelaltermarkt gibt, wo wir am Tag davor sein werden. «Ich will nicht», murmele ich eher zu mir selbst, «so eine von den Papierkronen, wie sie alle haben.»

Am Donnerstagabend bin ich mit meiner Mom im Skaggs Alpha-Beta-Laden. Ich schleiche um all die süßen Frühstücksflocken herum, von denen ich weiß, dass sie nie mit mir nach Hause kommen werden. Nur jede Minute oder so denke ich an Roys Hand, daran, wie er mich sexy nannte.

Dann sehe ich ihn – Roy. Er hat keinen Einkaufswagen, keinen Korb. Er trägt eine Gallone Milch, ein riesiges Päckchen Twizzlers und greift gerade – ich kann es nicht richtig sehen – nach einer großen, überdimensionierten Schachtel, die nach Honeycomb aussieht. Ein schönes Sortiment. Schön.

Ich wende mich von Roy ab. Ich spüre, wie ich am ganzen Körper rot werde, bis über die Ohren. Meine Handrücken jucken, wie sie es sonst im Frühling tun. Ich berühre die kühlen Metallregale, schiebe meine Finger hinauf und über die Plastikhüllen, über die Preisschilder, jedes Nichts hinter mir hörend. Die Preisschilder machen ein sandiges Rutschgeräusch, wenn ich sie hochschiebe. Er ist ein Monster, Roy. Ohne mich nach ihm umzusehen, nur spürend, welche Macht er über mich hat, ein Monster.

Meine Mom in ihren geschnürten Sandalen kreuzt mit unserem Einkaufswagen in dem Gang auf. Die Beleuchtung scheint sich zu ändern. Nun imstande, mich umzudrehen, sehe ich, dass Roy verschwunden ist. Ich renne hinter meiner Mom her. Als wir schließlich wieder im Auto sind und sich die Klappe über den Lebensmitteln geschlossen hat – wenn ich mich umdrehe, sehe ich Selleriestangen unschuldig aus einer braunen Papiertüte ragen –, verspüre ich große Erleichterung.

Ich beschließe, mir die Füße im Waschbecken zu waschen; das macht mich immer glücklich. An dem mit altem Klebeband befestigten Rasierspiegel meines Dads im Badezimmer steckt ein vergilbtes Stück Papier, aus einer Zeitung ausgerissen. Jahrelang ist es dort gewesen, unergründlich. Jetzt bin ich mir sicher, dass es ein Geheimnis enthält. Vielleicht über die Liebe. Über das Gefühl des Besessenseins, das ich wegen Roy habe.

Dort steht *Und die menschliche Sprache ist wie ein angeknackster Kessel, auf dem wir Melodien trommeln, dass die Bären danach tanzen, während man die Sterne rühren möchte.*

Neben dem Schnipsel klebt ein Sticker von mir, ein grüner Apfel.

Ich schaue mir das Zitat noch einmal an: die Bären, der Kessel.

Blöde, denke ich. Das ist vollkommen blöde. Ich beginne mir die Füße mit einem Handtuch abzutrocknen.

Für den bevorstehenden McDonald's-Samstag beschließe ich, schnurstracks an meinem tätowierten Schwarm vorbeizugehen. Ich werde nichts mit ihm zu tun haben, mit seinen Hi, Klein-Sexys. Diese Ankündigung ist überaus schmerzlich, da Roy allein jetzt meine ganze Welt ist. Alles, was davor war – meine Münzsammlung in der Tupperdose, die Wellpappenverkleidung der Anschlagbretter in der Schule, der Horror der Rutschstangen für den Feueralarm –, erwies sich jetzt als höchst kindisch und sinnlos. Ohne es auch nur zu beschließen, habe ich das alles hinter mir gelassen, und jetzt muss ich auch Roy verlassen. Ich verpflichte mich, die Last des Universums allein zu tragen. Des Universums mit seinem rätselhaften General Rommel, seinem berauschenden Bosporus. Ich beschließe zu leiden.

Der Samstag kommt. Meine Mom hat die Kochplattenabdeckungen schon vom Herd genommen und in die Spüle gelegt. Ich versuche es mit meinem Denk-an-den-Mittelaltermarkt-Trick, um nicht daran zu denken, dass ich Roy vielleicht sehen werde. Ich stelle mir die Enten im Ententeich vor, wie sie geradewegs angewatschelt kommen und mir die Brotscheibe aus der Hand schnappen. Ich konzentriere mich auf den Markt, wissend, dass sich die Zeit auf diese Weise vorwärtsbewegen, schließlich vorwärtswatscheln wird bis zum nächsten Wochenende.

Angeschnallt auf dem Vordersitz unseres gelben Pinto, schiebe ich mir ein Billigimitat von Life Savers unter die Zunge, ein blaues. Als mein Dad auf dem Weg zur Fahrerseite vor dem Auto vorbeigeht, bemerke ich, dass er hängende Schultern hat. Grauenhaft! Nicht seine Schultern. Sondern dass ich es bemerke.

«Ich liebe dich», sage ich zu meinem Dad. Er lacht und sagt, das sei gut. Ich sitze da und hasse mich ein bisschen.

Ich konzentriere mich auf mein Bonbon, darauf, es dort zu belassen, sein köstlich langsames Zergehen unter der Zunge zu spüren. Schön. Während der ganzen Autofahrt, an Stoppschildern, beim Halten, bis ein Kind auf einem Big-Wheel-Dreirad die Straße überquert hat, an der Conoco vorbei, geduldig abwartend auf dem langen Stück bis zur letzten Linkskurve, behalte ich ein und dasselbe Bonbon im Mund. In meiner Tasche habe ich noch mehr. Fast eine ganze Rolle Waldbeere. Sobald ich die Zunge nur ein ganz klein wenig bewege, stürmt der Geschmack, der zuckersüße Schleim voll auf meine Sinne ein. Ich verschlucke mich an jedem bisschen Speichel.

Als wir eintreten, spüre ich Roy zu unserer Linken; ich gehe auf der anderen Seite meines Dads, in der Hoffnung, mich in seinem Schatten zu verbergen. Im Flüsterton sage ich ihm, dass ich uns einen Tisch freihalten will und er die Milch und die Kekse für mich mitbestellen soll.

«Okay», flüstert er zurück, als wäre das nur irgendein Spiel.

Am Tisch starre ich stur geradeaus auf die Plastikschalenbank und reiße meine ganze Wenigkeit zusammen, um mich nicht hektisch umzuschauen. Links von mir glaube ich, in einiger Entfernung Roys blondes Haar zu ahnen. Schwach geworden, schiele ich seitwärts; ich sehe eine Topfpflanze.

«Wie ist der Kaffee?», frage ich, nachdem sich mein Dad mir gegenüber eingerichtet hat.

Er zuckt sein rituelles Achselzucken, aber kein Wort außer der Frage, wie meine Milch sei. Ist er mir böse? Während ich mit bangen Gefühlen anfange, meine Kekse einzutunken, antworte ich, die Milch sei köstlich.

Warum sagen wir diese unwichtigen Dinge?, wundere ich

mich. Warum will ich immer die McDonaldland-Kekse und nie die Schokokekse? Zum ersten Mal kommen sie mir plötzlich gruselig vor, all die Gewohnheiten und Herzenswünsche, die ich mir nicht ausgesucht habe.

Ich werfe drei Halbe-Halbe-Döschen zurück.

«Holst du mir noch ein paar Halbe-Halbe?», fragt mein Dad.

Er fragt freundlich. Und er liest eben wirklich Zeitung und ich nicht. Natürlich gehe ich hin und hole die Kaffeesahne. Ich bin ein Kind, erinnere ich mich.

Ich probiere es mit: «Ich fühle mich nicht gut.»

«Wirklich?»

«Ich meine, ich fühle mich gut», sage ich, während ich mich vom Stuhl erhebe.

Roy. Ich ziehe ein Waldbeerenbonbon aus der Tasche und beschließe, mich wieder auf das Bonbon unter meiner Zunge zu konzentrieren, statt auf ihn. Zunächst strebe ich in Richtung der rückwärtigen Wand, indem ich mich zwischen den Tischen mit den befestigten Schwenkstühlen hindurchquetsche. Alles hier ist blitzeblank, sauberer als irgendwo anders in der Stadt; dafür stand McDonald's damals. Sogar die Ecken und Ritzen sind sauber. Bei uns ist das Haus, sogar nachdem meine Mom geputzt hat, immer in Unordnung. Ich falte eine Decke auseinander und finde eine einzelne Socke. Hinter der Toilette liegen blaue Fusseln. Vielleicht macht das erst ein Zuhause aus, denke ich, diese ganz eigene Schlamperei.

Dann bin ich vor der Theke. Ich blicke nicht auf.

Ich stehe etwas an der Seite, da ich eigentlich nichts bestellen will, nur um einen Gefallen bitten, keine Milch bezahlen, nur um Kaffeesahne bitten. Abwartend, dass ich bemerkt werde, starre ich auf die Theke aus gebürstetem Stahl mit ihrer schmeichelhaft dunstigen Spiegelung, und dann erscheint es, er erscheint. Zunächst sehe ich seine Handfläche, im Stahl gespiegelt. Dann sehe ich seine Knöchel, die Haare auf seinem Handrücken, das Gitter-Tattoo, die gestärkte Manschette, mit der die Verhüllung des restlichen Tattoos, das ich nicht sehen kann, beginnt.

Schön.

Etwas in mir beschließt, ihn wieder in mein Herz aufzunehmen. Selbst wenn dann kein Platz mehr für irgendetwas anderes bleibt.

Roy bemerkt mich. Er beugt sich herunter, auf Augenhöhe mit den verschwitzt an meiner Stirn klebenden Locken, genau an der Stelle, von der ich weiß, dass ich da mein Muttermal habe, einen dunkelbraunen Leberfleck über meiner linken Augenbraue, und er sagt, seine Zähne zeigend, seinen seltsam leuchtenden weißen Eckzahn zeigend: «Was darf's denn sein, Süße?» Er tippt mir mit dem Finger auf die Nase.

Dieses Bonbon, das hatte ich ganz vergessen, aber jetzt bewege ich die Zunge, und der Geschmack – alles kommt in einem Schwall heraus, überwältigend, sodass ich ein bisschen sabbere, als ich herausplatze: «Nächstes Wochenende gehe ich auf den Mittelaltermarkt!» Ich wische mir mit dem Handrücken über die nassen Lippen und sehe den waldbeerenblauen Speichel.

«Cool», sagt er, während er sich aufrichtet. Er verschränkt die Finger und drückt sie nach außen – sie knacken köstlich, und ich denke an Makadamias. Ich glaube zu sehen, dass er das schmierige Blau an meiner rechten Hand bemerkt. Dann sagt er: «Ich liebe die Puppen, die sie dort verkaufen – die aus echtem Naturholz.»

Ich starre einfach nur in Roys blaue Augen. Ich liebe blaue Augen. Bis heute rede ich mir immer ein, dass ich sie nicht mag, dass ich sie leblos und fade finde und dass ich braune Augen wie meine, wie die meiner Eltern vorziehe, aber das ist eine Lüge. Es ist eine ganz andere, wildere Art von Liebe, die ich für die blauäugigen Menschen der Welt empfinde. Also blicke ich zu ihm auf, zu diesen blauen Augen, und ich denke an diese echten Naturholzpuppen – das alles in einer halben Sekunde –, dann öffnen sich die Türen hinter mir, eine zudringliche Hitze strömt herein, und die Welt sinkt zusammen, nichts als Schlamm und Matsch und der klebrige Brei, den die Kekse hinterlassen.

«Oh», sage ich. «Halbe-Halbe.»

Er greift in eine Ablage mit viel geschmolzenem Eis und schwankenden Döschen Kaffeesahne und gibt mir drei davon. Meine Handfläche brennt an der Stelle, wo er mich berührt hat, und meine Sicht ist verschwommen; nur die Rillen der Halbe-Halbe-Töpfchen bewahren mich davor, ohnmächtig zu werden.

«Gehst du auf den Markt?», wage ich zu fragen. Erneut Hitze in meinem Gesicht, als bräche gleich ein fürchterlicher Ausschlag aus. Ich entferne mich schon von der Theke, damit ich diese schrecklichen blauen Augen nicht mehr sehe, als ich höre: «Ach, ich muss arbeiten», und ich drehe mich nicht einmal um.

Ich lese die Rückseite von der Zeitung meines Dads. In den Spiro Mounds haben sie wieder Fossilien gefunden. Es ist nicht zu erklären, wie ich mich fühle.

Wie soll ich die Tage der nächsten Woche beschreiben? Ich hoffte, Roy zu sehen, sooft ich nach draußen lief, um die Post zu holen. Ich trank aus dem Wasserschlauch vor unserem Haus, weil ich dachte, er ginge oder führe womöglich vorbei, obwohl ich keinen Grund hatte zu glauben, er käme je in unsere Gegend. Ich musste nachsitzen, weil ich mein Buchreferat über «Die gelbe Tapete» nicht abgegeben hatte. Ich ertappte mich dabei, dass ich in der Aktentasche meines Vaters wühlte, als könnten Roys Unterlagen – ich stellte mir einen gelben «Vertraulich»-Umschlag von Clue vor – irgendwie dadrin sein. Vielleicht brauche ich das nicht zu erklären, denn über wem hat ein solcher Liebesschatten nicht selbst schon einmal gehangen? Ich erinnere mich, sehr langsam, angsterfüllt, von der Schule nach Hause gegangen zu sein, wie durch fremdes, unberechenbares Terrain. Ich wollte Roy auf dem Mittelaltermarkt eine Puppe kaufen. Eine von den hölzernen, wie er sie erwähnt hatte. Nur in diesem Gedanken fand ich Ruhe. Der ganze Schrott in meinem Kopf wartete darauf, diesem Moment des Puppenkaufs näher zu kommen.

Also schaffte ich es, morgens aufzuwachen. Also versuchte ich, abends ins Bett zu gehen. Obwohl mein Herz nach seinem eigenen geheimen Rhythmus, der auch mir selbst verborgen blieb, zu rasen schien.

Freitagabend vor dem Markt – mein Zimmer wirkte fremd und gespenstisch – kam ich nicht zur Ruhe, es war hoffnungslos. Nachdem ich mein Labyrinth-Arbeitsbuch aus dem Regal gezogen hatte, ging ich ins hell erleuchtete Bad. Ich stellte den Deckenventilator an, damit es laut genug wurde, um das Geräusch von Roys Fingerknacken in meinem Kopf zu übertönen. Das schwirrende Ventilatorgeräusch: Es war wie eine Stille. In der leeren Badewanne sitzend, legte ich das

Labyrinth-Buch auf den abgerundeten Rand und begann mit Absicht auf einer schwierigen Seite. Ich arbeitete vorsichtig, zog die Spur erst mit dem Finger, ehe ich den Stift ansetzte. Das war erfreulich, obwohl ich aus dem Augenwinkel den vergilbten Zeitungsausschnitt sah – *angeknackster Kessel* – und es mir so vorkam, als wäre ein Geist mit mir im Raum, auch wenn seine Botschaft, dessen war ich mir sicher – fast zu sicher in Anbetracht der Tatsache, dass ich sie nicht verstand –, nichts mit mir zu tun hatte.

Am Morgen fand meine Mom mich dort, in der Wanne, wie eine Schnapsleiche, das Labyrinth-Buch aufgeschlagen auf meiner schmalen Brust. Ich musste eingeschlafen sein. Mir war, als weinte ich, und ich wusste nicht einmal, warum. Ich fasste mir ins Gesicht, fragte mich, ob etwas damit passiert war.

«Hast du Fieber?», fragte meine Mom.

Als sie einigermaßen beruhigt wieder hinausging, probierte ich die Worte aus – *die menschliche Sprache ist wie ein angeknackster Kessel* –, als wären sie die verschlüsselte Lösung eines Rätsels.

Ich war immer ein Kind gewesen, das zu seinen Eltern ins Bett kroch, das sich nur bei ihnen sicher fühlte. Wenn meine Mom in unser Klassenzimmer kam, weil ich mein Mittagessen zu Hause vergessen hatte, schämte ich mich nicht wie die anderen Kinder, sondern ich war stolz. Bis dahin, in den vergangenen Jahren meines Lebens, waren mir meine Wünsche nicht ausgeschlagen worden. Ich wollte auf dem Sofa einschlafen, wenn mein Dad *Detektiv Rockford – Anruf genügt* sah, also tat ich es. Ich wollte Couscous mit Butter, also bekam ich es. Ja, manchmal, beim Einkaufen mit meiner Mom, war ich versessen auf einen Hosenanzug oder einen

Keks mit Zuckerguss, aber das Bedürfnis war nur schwach und verschwand, sobald wir weitergegangen waren.

Wir hatten das Haus ungeputzt gelassen, als wir an diesem Samstag zum Markt fuhren. Ich dachte an die Holzpuppe, fühlte mich aber verpflichtet, auf eine Krone zu hoffen; man erwartete von mir, dass ich darauf aus war. Ich glaubte, meine Mom habe vor, mir eine Krone für mein Königin-Esther-Kostüm zu kaufen. Aber wer weiß, hoffte ich, vielleicht hatte sie die Krone ja auch vergessen. Das war nicht unwahrscheinlich. Was mir als das Größte erschien, erwies sich in ihren Augen oft als nichts.

Ich hatte den Mittelaltermarkt immer geliebt. Regelmäßig saß dort eine Frau in einem aufwendigen Meerjungfrauenkostüm unter der Brücke, die über den künstlichen Teich führt. Die Leute warfen Münzen zu ihr hinab. Sie schlug mit dem Schwanz und wedelte geziert. Erst Jahre später wurde mir klar, dass man sie kitschig fand. Etwas weiter gab es ein Heu-Labyrinth, das mir schon in der Grundschulzeit zu einfach geworden war, aber ich sah es mir gern aus einiger Entfernung von dem Hügel aus an. Ich glaube, man konnte um jede Ecke biegen. Egal auf welchem Weg, man kam immer hinaus. Es war empörend, so schnell ausgespuckt zu werden.

Wir sahen den verkleideten Bettler mit den Nasen- und Warzenprothesen. Wir überquerten die Brücke, sahen die Meerjungfrau. Ein blasser Teenager in ausgeblichenen Jeans und Trägerhemd lehnte rauchend am Brückengeländer und schaute auf sie hinab. Zwei Frauen mit geschnürten Miedern sangen im Schatten einer Weide unzüchtige Balladen, und während wir zuhörten, ging ein Mann mit hängenden

Schultern und einem gigantischen Hammer aus Schaumstoff vorbei. Die ganze Welt, so schien es, war damit beschäftigt, zu lachen, zu kämpfen oder zu weinen, Stühle aufzuklappen oder Smoothies zu mixen, und so würde es ewig weitergehen. Verkäufer priesen Holzflöten, Jakobsleitern, gefiederte Mobiles an. Auf einem freien Gelände gab es zwei Ponys und drei Schafe zum Streicheln, und der Aufseher hielt ein Babyferkel in den Händen. Wir aßen frische Maiskolben mit Butter und geschrotetem Pfeffer. Meine Mom verlor kein Wort über den Preis. Dadurch fühlte es sich wirklich an wie ein Tag im Leben eines anderen Ich.

Aber ich war so unruhig. Hatte Roys Zahn im Sinn, als ich in den Mais biss, spürte Roys Finger auf meiner Handfläche, als ich an einem niedrigen Holzzaun klappernd entlangstrich. Ich hatte so wenig von Roy, und doch hatte er alles von mir, und das Gefühl drang tief bis in die ältesten Teile meiner selbst. So sehr, dass ich das Gefühl bekam, meine Liebe zu Roy beschäme die Meinen, wer auch immer die Meinen sein mochten, wer auch immer die sein mochten, deren Königin ich war, Leute, die ich nie kennengelernt hatte, aufgeregte, traurige und tote, die alle um Luft und Platz in mir rangen. Ich wusste nicht einmal, was ich von Roy wollte. Ich weiß es bis heute nicht. Mein Leben lang hat sich Liebe angefühlt wie ein auf den Kopf geschlagener Krockethammer. Wie etwas Absurdes, gewaltbereit. Liebe.

Ich erinnere mich, dass ich einmal – Jahre später – in einem Liebeswahn Luden's Kirsch-Hustendrops in einem Gemischtwarenladen stahl. Ich hatte schon das Geld, um sie zu bezahlen, aber ich stahl sie lieber. Ich wollte einen billigen, kindischen Kirschgeschmack auf der Zunge, wenn ich meinen Geliebten sah, der natürlich nicht mehr mein Geliebter ist. Diese unerbittliche, elende Euphorie. Billige Husten-drops. So fühlte ich mich, als ich mich ängstlich nach dem Stand mit den Holzpuppen umschaute, so fühlte ich mich, als ich bei jedem blonden Mann, der vorbeiging, zweimal hinschaute und mich fragte, ob er nicht irgendwie doch Roy sein könnte, der meinetwegen auf den Markt gekommen war, obwohl er gesagt hatte, dass er nicht kommen würde. An die Puppe für Roy zu denken blendete alle anderen Gedanken aus. Wie viel würde die Puppe kosten? Ich hatte kein eigenes Taschen- oder Monatsgeld, kein Sparbuch oder sonst etwas in der Art. Ich war es nicht gewohnt, um Dinge zu bitten. Ich bat nie um Spielsachen. Ich bat nie um süße Frühstücksflo-cken. Das zu tun, empfand ich als unrecht. An dem Tag, als ich das mit der Krone nur vor mich hin geflüstert hatte, hätte ich fast geweint. Aber alles, was ich wollte, war diese Puppe, weil diese Puppe alles lösen würde.

Am Puppenstand trödelte ich herum. Ich hoffte, meine Mom oder mein Dad würde auf die Puppen aufmerksam werden, eine in die Hand nehmen. Mein Dad, der ein paar Schritte entfernt stand, hob sich in seinem durchgeknöpften Hemd von der Menge ab. Er sah schlecht aus, sonnengeschädigt. Meine Mom war neben mir, die Arme verschränkt über einem Trägerhemd in Alarm-Orange. Wohl zum ersten Mal kam mir der Gedanke, dass sie diesen Markt nur um meinetwillen be-suchten.

«So sehr habe ich mir in meinem ganzen Leben noch nichts gewünscht», gestand ich hastig, die Hand auf dem rohen Holz einer der Puppen. «Die will ich viel lieber als eine Krone.»

Meine Mom lachte über mich oder über die Puppe. «So was Hässliches», sagte sie auf Hebräisch.

«Das ist nicht wahr», flüsterte ich wütend, mit einem Gefühl, als wäre plötzlich alles still, als rutschte der Boden unter mir weg. Bestimmt hatte der Verkäufer meine Mom verstanden, allein wegen ihres Tons. Ich blickte zu ihm hinüber: ein dicker, bärtiger Mann, der mit einer langhaarigen Barfußprinzessin redete. Zerstreut hielt er eine Strähne ihres staubigen Haars; die andere Hand hatte er an seinem Hemdkragen. Er schwitzte.

«Das ist Ramsch», sagte meine Mom.

«Dir gefällt aber auch gar nichts», sagte ich, fast in Geschrei ausbrechend, dort in der hellen Sonne. «Dir gefällt überhaupt nie etwas.» Meine Mutter wandte sich von mir ab; der Verkäufer, das spürte ich, wandte sich uns zu.

«Ich nehme sie für dich», sagte mein Dad, plötzlich direkt bei uns. Es folgte ein peinlicher Streit zwischen meinen Eltern, der die Freude meines Dads nur zu erhöhen schien, seine rostgefleckte Geldbörse herauszuziehen, seinen Mann zu stehen, unwiderruflich auf meiner Seite zu sein.

Seine Solidarität kam mir fehl am Platz, lächerlich, ja kindisch vor; ich fühlte mich wie eine Verbrecherin; wir kauften die Puppe.

Diese blöde Puppe – ich schleppte sie in ihrer zerknitterten grünen Plastiktüte mit mir herum. Aus irgendeinem Grund verfolgte mich auf einmal das Wort «Lepra». Als wir uns die Minnesangvorführung auf der kleinen Freilichtbühne ansahen, versuchte ich, die grüne Tüte unter der Bank zu vergessen. Wir hatten kaum ein paar Schritte getan, da merkte meine Mom, dass sie fehlte. Sie ging zurück und holte sie.

Zu Hause bemerkte ich, dass das Holz an einer Hand der Puppe einen Knacks hatte. Das war nicht der einzige Grund, warum ich die Puppe Roy nicht geben konnte. Während ich das stumme Stück Holz betrachtete, sah ich etwas. Etwas an mir, was ich mir nie ausgesucht hatte, was ich nie beherrschen würde. Ich ging ins Bad, stellte den lauten Ventilator an und weinte. Ein Bild von Roy kam mir in den Sinn, insbesondere von seinem Zahn. Ich spürte, wie die Liebe von mir abfiel, zerrann.

Er war meine erste Liebe, meine erste Liebe in der Art, wie erste Lieben meistens zweite, dritte oder vierte Lieben sind. Noch immer denke ich an einen Fremden in einer grünen Jacke, der mir im Warteraum der Kfz-Behörde gegenübersaß. An einen blauäugigen Mann mit versengtem Ohrläppchen, den ich mit seiner Tochter in einem Baskin-Robbins sah. Meine erste Liebe dieser Art. Ich bin nie über ihn hinweggekommen. Ich komme nie über irgendjemanden hinweg.

DER GANZE NORDEN STAND IN FLAMMEN

Es heißt, niemand lese mehr, aber ich finde, das trifft nicht zu. Strafgefangene lesen. Sie erhalten wohl selten Zugang zu Computern. Für mich ist diese Ungerechtigkeit ein glücklicher Umstand. Die nettesten Leserbriefe, die ich bekommen habe – auch die einzigen –, stammten von Strafgefangenen. Vielleicht sind wir alle gefangen? In unserem Leben, unseren Gewohnheiten, unseren Beziehungen? Es ist nicht nett von mir, das zu sagen. Vielleicht ist es sogar gemein, das Elend anderer so zu vereinnahmen.

Ich möchte anmerken, dass mein Mann mich gerade verlassen hatte, als ich die Filmrechte verkauft habe. Eines Tages kam ich nach Hause, und ein Haufen Zeug war weg. Ich dachte, wir wären ausgeraubt worden. Dann fand ich einen Zettel: «Ich kann hier nicht mehr leben.» Er hatte ziemlich viel mitgenommen. Zum Beispiel besaßen wir eine besonders hübsche Parmesanreibe, die hatte er auch eingepackt. Aber seinen Wintermantel hatte er dagelassen. Und ein Kind. Wir hatten ein Kind zusammen, in gewisser Weise jedenfalls. Ich trug es – ob Junge oder Mädchen, hatte ich nicht wissen wollen – in mir.

Ich suchte online nach Ersatz für die Parmesanreibe, weil

ich diese Parmesanreibe wirklich toll fand. Es war eine von der Sorte, die wie eine Mühle funktioniert, nicht so eine, bei der man den Käse nur hobelt; mit einer Kurbel, die lustig zu drehen war. Es gab eine Reihe ähnlicher Reiben, aber mit unschönen «Komfortgriffen». Schließlich fand ich das Modell. War es verfrüht, es neu zu kaufen? So vergingen mehr oder weniger zwei Tage. Dann, am Mittwoch, rief mein Bruder an. Ich brachte ihn auf den neuesten Stand.

«Wow, das ist ja der Hammer», sagte er.

«Allerdings.»

Dann sagte er: «Und ich dachte, es wären reine Phantasien gewesen, Trish, ich meine, ich hätte dir wohl davon erzählen sollen –»

«Wovon?»

«Von dem Blog», sagte er. «Seinem Blog. Ich-kann-meine-Frau-nicht-ausstehen-Dot-Blogspot-Dot-Com –»

«Bist du mal wieder in einer deiner schlaflosen Phasen?»

«Trish, ich weiß, das klingt, als wäre ich ein Schnüffler, aber Jonathan ist mir einfach schon immer etwas komisch vorgekommen. Also habe ich, nachdem er mal deine Wohnung verlassen hatte und ich dort allein geblieben war, also, ich weiß nicht, tut mir leid, da habe ich seinen Laptop angeworfen und mir den Verlauf angesehen. Ich war neugierig auf seine Pornos. Ich glaubte, da wären vielleicht ein paar wirklich bizarre dabei –»

«Da waren bizarre Pornos drauf?»

«Eben gar keine. Was ja wiederum auch irgendwie bizarr ist. Keine Pornos. Nur sein Blog. Und –»

«Na gut. Jedenfalls überlege ich, ob ich mir eine neue Parmesanreibe kaufen –»

«Ich dachte, es wäre Satire, Trish. Es ist ziemlich lustig.

Schau, ich weiß doch, einige von diesen Sachen hättest du niemals gesagt. Ich meine, du bist ja schon manchmal mäkelig, Trish, aber trotzdem. Wie hätte ich wissen sollen, dass Jonathan das ernst meint? Ich dachte: Vielleicht ist so was ja gesund. Lustig ist gesund. Vielleicht ist das für Jonathan eine gesunde Art und Weise, etwas Ärger abzulassen, ein paar Verletzungen zu kurieren. Heilsame Phantasien, weißt du? Ich wusste nicht, was ich machen sollte, Trish. Ich habe meinen Psychiater gefragt. Er wollte nichts dazu sagen! Also habe ich beschlossen, mich rauszuhalten. Schau, sei mir nicht böse, Trish, ich bin hier bloß der traumatisierte Zuschauer –»

«Du sagst dauernd Trish. Das tust du immer, wenn du versuchst, dich vor irgendwas zu drücken. Du solltest einfach den Mund aufmachen und sagen, was immer du zu sagen hast, statt dauernd Trish zu sagen.»

«Ich komme vorbei, und dann lesen wir es zusammen. Oder eben nicht. Wenn es dir lieber ist. Ganz wie du willst.»

Ich hatte nicht vor, den Blog zu lesen. In der Welt kursiert so viel Geschriebenes, wer will das alles lesen? Ich jedenfalls nicht.

All das geschah kurz nach der Publikation meines ersten Romans, und ich hatte ein bisschen Geld verdient, ja sogar ein bisschen Achtung errungen, weil der Roman nicht ganz unerfolgreich gewesen war; zumindest hatte ich einen vernünftigen Vorschuss bekommen und auch ein paar Erlöse aus Auslandslizenzen – ein Traum! –, aber ich hatte nicht *jede Menge* Achtung oder *jede Menge* Geld, nur ein bisschen. Der Roman war eine Liebesgeschichte, zwischen einem Vogel und einem Wal. Warum ging mir dann jetzt schon das Geld aus? Zum Teil, weil Geld einfach flüchtig ist, wie es heißt oder wohl an der Zeit wäre zu heißen, über das Flüchtige wie über das Geld. Sehr beflügelt jedenfalls. Aber hauptsächlich hatte ich darum nicht viel Geld, weil ich meinem Mann sein BWL-Studium finanzierte. Zumindest hatte ich geglaubt, das zu tun, bis herauskam, dass er gar nicht eingeschrieben war – ich ging natürlich hin, um ihn zu suchen – und die Überweisungen zu «Studienzwecken» einfach für sich verbraucht hatte. Er hatte aber doch viel zu bieten, mein Mann. Sein Haar, wenn ungewaschen, war der Himmel für mich. Er fragte nie, was ich an einem bestimmten Tag geleistet hatte. Wir hatten uns innerhalb von drei Wochen wahnsinnig ineinander verliebt; das war lustig gewesen. Er hatte mich sein kleines Huhn genannt. Ich vermisse ihn noch immer.

Aber zurück zum Thema. Ich hatte also ein bisschen Geld, aber nicht jede Menge. Im Traum sprossen Gitterstäbe aus Nicht-Geld um mich herum wie Wildgetreide. Mein Agent rief an – so schön, wenn ein Freund anruft! … oder nein, kein Freund … aber so eine Art Freund! –, um sich zu erkundigen, ob ich daran interessiert sei, ein paar «Filmleute» zu treffen. Ich begann zu weinen, und damit war dieses Thema durch. Das Treffen solle nur zum Gedankenaustausch dienen, es verheiße nichts Großes, aber vielleicht doch. Den Filmleuten habe die Drehbuchadaption meines Romans gefallen – ich hatte keine Drehbuchadaption geschrieben, das schien ein Missverständnis zu sein –, sie meinten aber, es würde zu teuer werden, sowohl unter Wasser als auch in der Luft zu filmen. Sie wollten eine billigere Liebesgeschichte. Was, wenn es zwei Landtiere wären? Jedenfalls sei ein Treffen vorgeschlagen worden. Mein Agent tat so, als könnte ich das unter meiner Würde finden, als wäre nur ein neuer Roman eine ernstzunehmende Arbeit, und obwohl ich wusste, dass er nicht wirklich glaubte, das, was ich schrieb, sei zu ernsthaft, um einen Film daraus zu machen, fand ich es doch nett von ihm, dass er so tat, als wäre dem so.

«Toll, toll», sagte ich in abschließendem Ton. «Weißt du, ich bin schon ganz drüber weg – total.»

«Total?»

Ich hüstelte, als würde ich das Problem in meiner Kehle verorten.

«Dann bist du also einverstanden?»

«Entzückt. Ich werde da sein.»

«Also selbst das, was dir gerade passiert ist – das wäre doch schon mal eine Idee.»

Und mir ging auf, dass dieses Treffen zu den Dingen gehören mochte, die mich retten würden oder auf die mich vorzubereiten ich zumindest nicht gänzlich vernachlässigen sollte, weil sie mich vielleicht irgendwie vor dem Gröbsten bewahren würden. Ich konnte mir dabei zusehen, wie ich mir die größte Mühe gab, um mich dann gut zu fühlen, so viel getan, es versucht zu haben. Das Mindeste, was ich für mich – und auch für meinen Nachwuchs! – tun konnte, war, eine Word-Datei anzulegen. Oder, wenn mir das nicht gelang, ein paar Notizen auf einen Block zu schreiben. Lassen Sie mich jetzt einfach sagen, weil ich es nicht gut finde, Leute auf die Folter zu spannen – oder mir zumindest immer schäbig vorkomme, wenn ich es versuche, wahrscheinlich vor allem darum, weil ich es nicht gut kann –, dass ich mich kein bisschen auf das Treffen vorbereitete.

Mein Freund David kam vorbei. Er wollte sich Geld leihen. Er hatte viel mehr Pech im Leben als ich. Außerdem teure Zahnprobleme und einen Fimmel für Akupunktur. Ich erzählte ihm vom Verlassenwerden und auch von dem Blog.

Von dem Blog wusste er schon. Auch er hatte ihn gefunden, indem er in Jonathans Laptop den Verlauf durchgegangen war. «Der Typ hatte eine ziemlich lebhafte Phantasie», sagte David. «Das hätte ich gar nicht gedacht. Vielleicht sollten wir ihm das zugestehen.»

«Warum hast du mir nichts davon erzählt?»

«Erinnerst du dich, dass du zwei Monate lang nicht mehr mit mir gesprochen hast, als ich sagte, es sei vielleicht ein bisschen voreilig, nach drei Wochen zu heiraten?»

Kürzlich hatte ich jemanden die Wendung «wie mit der Axt gefällt» benutzen hören. Das ließ mich an meine Kindheitsjahre in Kentucky zurückdenken; ich weiß nicht, warum, aber daran dachte ich eben. Inzwischen war ich eine gediegene Städterin, weshalb ich meine Desaster doch anständiger dimensionieren konnte, mehr nach Art einer Gesellschaftskomödie als nach Art von Ein-Glied-bei-Unfall-mit-Traktorschieber-verloren; auch daran dachte ich. Ohne Blut auf dem Boden war es keine Tragödie. Das war es doch, was «urban» bedeutete. Bedeuten konnte. Wie mit der Axt gefällt. Ich war auch mal auf eine Formulierung über ein Buch gestoßen, das «wie ein mit der Axt gefälltes Gnu in meinem Leben lag». Jetzt war es mein Leben, das so mitten in meinem Leben lag wie ein mit der Axt gefälltes Gnu.

«Wir haben noch miteinander geschlafen», sagte ich. «Man schläft doch nicht mit Leuten, die man hasst.»

«Das ist jetzt aber nicht wahr», sagte David.

David war ein aufstrebender Drehbuchautor und mein verlässlichster Freund. Von meinem bevorstehenden Treffen mit den Filmleuten erzählte ich ihm aber nichts. Betrügen macht Schule.

«Männer mögen mich», sagte ich, die Hand auf dem Bauch, der ein Wesen unbekannten Geschlechts beherbergte. «Wirklich. Erst gestern hat mich ein Mann auf dem Gehweg gefragt, ob ich Italienerin sei.»

«Wer redet denn von nicht mögen? Du leidest einfach nur.»

«Vielleicht leide ich gar nicht.»

«Darauf würde ich aber wetten. Was du da erlebst, ist das Kantische Erhabene. Das Sublime. Da ist dein Leben, und plötzlich bekommst du Einblick in die Unermesslichkeit des Unbekannten um diese winzige Insel des Bekannten herum.»

Das Sublime. Darunter stellte ich mir einen Geschmack vor. Vielleicht ähnlich wie Limette. Ich wusste nicht, was das Kantische Erhabene war. Es ist wichtig, eine aufmerksame Gastgeberin zu sein. Und übrigens auch Ehefrau. Ich ging in die Küche und holte ein paar Cracker, Senf und Marmelade; das war alles, was ich dahatte. Ich wählte kleine Zierteller, damit es netter aussah. Plötzlich machte ich mir Sorgen, David könnte aufbrechen und ich hätte niemanden mehr auf der Welt zur Gesellschaft.

«Weißt du, von wem ich Fanpost bekomme?», sagte ich. «Ich bekomme nämlich Fanpost. Das ist doch immerhin etwas, oder? Vielleicht bin ich ja nur aus gewisser Distanz liebenswert. Ich bekomme Fanbriefe ausschließlich von Männern. Von Männern, die im Gefängnis sitzen.»

Ich stellte das unausgewogene Crackerangebot hin.

«Du hast dir den Blog wirklich nicht angesehen?» David ließ die Cracker unberührt. «Einerseits möchte ich dich dazu beglückwünschen. Aber es könnte dir schon helfen nachzulesen.»

Ich strich Senf auf einen Cracker.

«Ich habe auch mal Fanpost von Strafgefangenen bekommen», sagte David. «Damals, als ich Ghostwriter dieser Kolumne beim *Hustler* war.»

«Willst du mit mir konkurrieren?»

«Ich lasse dich nur teilhaben. Das nennt man Intimität, Trish.»

«In einem dieser Briefe, die ich bekommen habe, ging es um Liebe. Er war ungefähr sieben Seiten lang. Wie eine ausführliche philosophische Betrachtung über die Natur der Liebe, nur verfasst von einem sehr klugen Fünfzehnjährigen. Nicht Sex, sondern Liebe. Das hat er ungefähr siebenmal hervorgehoben. Vielleicht bedeutet das, dass es doch um Sex ging. Wie dem auch sei. Es ging um Liebe.»

«Was du da sagst, klingt irgendwie ungereimt; es hört sich so gar nicht nach dir an.»

Das Leben, beschloss ich, bestand aus einer ganzen Serie von Stolperern in das Kantische Erhabene. Nicht, dass ich, wie gesagt, ein Erhabenes vom anderen hätte unterscheiden können, aber ich hatte vor, David erst danach zu fragen, wenn ich mich weniger verletzlich fühlte. «Dieser Junge meinte also, er wolle mich mit einigen Eindrücken über die Liebe konfrontieren, die er beim Lesen meines Buches gewonnen habe. Er wollte wissen, ob ich in dem, was ich über die Liebe geschrieben hatte, ehrlich gewesen sei. Er meinte, eines Tages komme er aus dem Gefängnis, darum sei es wichtig, dass ich ihm zurückschriebe. Er meinte, ich solle mir ruhig Zeit lassen. «So lange es eben dauert», meinte er. «Sie sind sicher beschäftigt, nehmen Sie sich ein Jahr Zeit, das ist schon okay.»

«Wie großzügig, dass er dir angeboten hat, ihn noch weiter zu studieren.»

«Ich fand es süß. Zurückgeschrieben habe ich nicht.»

«Habe ich dir erzählt, dass sich die Piloten-Sache endgültig zerschlagen hat?»

«Oje.»

«Vermisst du Jonathan?»

«Ich wollte dir», sagte ich, «auch noch von diesem anderen Brief erzählen. Ich weiß nicht, warum dieser Typ ausgerechnet mir geschrieben hat. Das hat er mir nicht mitgeteilt. Auch ein Strafgefangener. Er war sehr höflich. Er sagte schlicht, er habe da eine Idee für einen Film und dass es dabei um das Tunguska-Ereignis von 1908 gehen solle, und dann wollte er wissen, ob eine vernünftige Hypothese für das Tunguska-Ereignis der Einschlag von Antimaterie –»

«Ich frage mich, ob ich viel zum Arbeiten käme, wenn ich im Gefängnis säße –»

«Ich wusste gar nicht, was das Tunguska-Ereignis war. Ich musste erst nachschlagen. Stellt sich heraus, dass es diese Gegend in Sibirien gab, wo über Tausende Quadratkilometer plötzlich die Bäume umknickten. Jahrelang haben sich die Wissenschaftler nicht so recht darum gekümmert. Aber es gab Berichte über unerträglich laute Geräusche, apokalyptische Winde und seltsame blaue Lichter. Es muss ausgesehen und geklungen haben wie das Ende der Welt. Man nimmt an, es war ein Meteorit. Einige Leute sahen eine Säule blauen Lichts, die sich, fast so hell wie die Sonne, von Norden nach Osten bewegte. Andere sagten, das Licht hätte sich nicht bewegt, nur dort geschwebt. Hunderte Kilometer entfernt zerbrachen Fenster.»

David las mir laut aus Jonathans Blog vor, während ich hinging und die Augenzeugenberichte aus dem Drucker holte, die ich in dem furchtbaren Ding gefunden hatte, das man das Internet nennt.

«Schau, das bist noch nicht einmal wirklich *du*», sagte er.

«Pssst», sagte ich. «Hör zu.» Ich las vor: «Der Riss im Himmel wurde größer, und der ganze Norden stand in Flammen. In diesem Augenblick wurde mir so heiß, dass es nicht mehr auszuhalten war, als würde mein Hemd verbrennen. Ich wollte es mir vom Leib reißen und auf den Boden werfen, aber dann schloss sich der Himmel, ein lauter Schlag ertönte, und ich wurde mehrere Meter weggeschleudert –»

«Gott, da wäre ich gern dabei gewesen, das war ja wirklich das Erhabene –»

«Es heißt, noch viele Nächte danach habe der Himmel über Asien und Europa so hell geleuchtet, dass man bei dem Licht Zeitung lesen konnte.»

«Hast du den Brief beantwortet?»

«Ich habe ihm mitgeteilt, dass mir kein Grund einfiele, weshalb Antimaterie nicht eine plausible Erklärung sein solle. Obwohl: Wer war ich schon, diese Frage zu beantworten? Ich habe ihm Glück mit seiner Idee gewünscht. Ich hätte sogar mit ‹In Liebe› unterschreiben können.»

Ich lieh David dreihundert Dollar, was zu bestätigen schien, das ich ihn in gewisser Weise ausgenutzt hatte.

Ging ich dann hin zu diesem Treffen mit den Filmleuten, vollkommen unvorbereitet, nachdem ich mich erst auf eine Weise gekleidet hatte, die meine Schwangerschaft betonte, dann auf eine, die sie herunterspielte, um dann noch einmal in Kleidung zu wechseln, die sie betonte? Hatte ich keine Ideen? Begann ich vom Kantischen Erhabenen zu reden, von Meteoriten und von der Liebe? Von einer generationsübergreifenden Liebesgeschichte mit einem alten sibirischen Schäfer, einer strickenden Frau aus der Jetztzeit und einem transfigurativen Ereignis und von der Ahnung, dass das Leben ein enormes Rätsel darstellt, aber mit geheimen Verbindungen, die, wissen Sie, uns alle miteinander verstricken? Aber sicher tat ich das. Redete von all diesen Dingen, über die ich so eifrig nichts wusste. Täglich dringen Meteoriten in die Erdatmosphäre ein. Ich betrog so viele, dass ich mich selbst ganz rein fühlte.

DIE IMMOBILIE

Zunächst hatte ich gedacht, dort wohne sonst niemand. Es war beschlossen worden, dass das zugegebenermaßen recht heruntergekommene fünfgeschossige Stadthaus leichter zu verkaufen sei, wenn es grundsätzlich leer angeboten und vermittelt werde. So konnte der Kaufinteressent «träumen». Die gute Substanz ließ sich herausstellen. Die Lage war erstklassig, das Gebäude historisch! Ein ehemaliges Waisenhaus für Zeitungsjungen vielleicht; ich war unfähig, mir das zu merken. Der Käufer konnte auf jeder Etage, sagen wir, zwei kleine Wohnungen einrichten, die regelmäßige Einkünfte generierten; also zehn leicht vermietbare Einheiten in diesen Zeiten der Wirtschaftsflaute. Oder Luxuswohnungen über die gesamte Fläche schaffen. Oder man baute die beiden oberen Etagen zu einer Maisonettewohnung für den Eigentümer aus und konvertierte den Rest in ansehnliche Mietwohnungen, mit denen die Kosten wieder eingespielt würden. Im Garten konnte man ein Nebengebäude errichten. Die Möglichkeiten waren grenzenlos. Es war die ideale Wahl für jemanden mit Phantasie! Geeignete Architekten konnten empfohlen werden.

Das Gebäude gehörte einer entfernten Tante von mir, einer wohlhabenden, energischen Frau, die auf einem anderen Kontinent lebte. Und in Anbetracht dessen, dass ich hier auf diesem Kontinent lebte und meine finanziellen Verhältnisse mir keine entschiedenen Ansichten über Steuerfragen erlaubten, lehnte ich das Angebot meiner Tante nicht ab, in das ansonsten leerstehende Gebäude zu ziehen, mich verfügbar zu halten, um es bei Gelegenheit Leuten zu zeigen, und generell ein Auge darauf zu haben. Ich zog also ein. Dieser Umzug innerhalb der Stadt war irgendwie Grund genug dafür, dass ich aufhörte, noch irgendwelche Freunde zu treffen. Ich ließ mich nicht verkabeln und hatte folglich weder Internet noch Fernsehen. Und Radio, ich weiß nicht, das mochte ich noch nie.

Zunächst schien es eine nette Form der Dekadenz, so zu leben. Aber ich kam wohl ein bisschen aus dem Tritt. Ich entsinne mich eines späten Vormittags, an dem ich es bereute, mich in eine ganz bestimmte Jeans und einen knallgelben Pullover geworfen zu haben, und dann, als ich hinunterging, um die Post zu holen, merkte ich, dass ich noch im Unterhemd und kurzer Pyjamahose war und die bereuten Sachen gar nicht angezogen hatte. Am Nachmittag eines anderen Tages war ich besorgt wegen der anstehenden Wahlen, aber dann, als ich an einem Werbeplakat für einen gerade angelaufenen Actionfilm vorbeiging, fiel mir auf, nein, es war März und nicht Oktober, und die Wahl war schon vor Monaten entschieden worden. Eines Montags bildete ich mir ein, ich hätte den Kühlschrank mit armenischem Fadenkäse gefüllt, mit viel zu viel davon, so viel, dass ich ihn die ganze Woche lang zu zwei Mahlzeiten am Tag würde essen müssen, damit er nicht verdarb, und dann ging ich an den Kühlschrank, um kein bisschen Fadenkäse darin vorzufinden, nur eine Tüte

Äpfel, von der ich gedacht hatte, ich hätte bloß überlegt, sie zu kaufen, es dann aber doch nicht getan. Das war der Tag, an dem ich meinen Nachbarn Eddy kennenlernte.

Als er mich da im Hausflur stehen sah, zuckte er zusammen. Sein Haar war lang und ungewaschen, und er hielt *Sein und Zeit* in der Hand, was dazu führte, dass ich ihn nicht gleich unsympathisch fand, vielleicht weil mir seine Haare gefielen, vielleicht weil er das Buch trug wie eine Anleitung zur Autoreparatur. Es mag auch sein, dass ich zuerst zusammenzuckte, noch vor ihm.

Ich stellte mich als Nichte der Landlady vor. Dabei fühlte ich mich sehr nach neunzehntem Jahrhundert.

«Tja, sie ist wirklich nett», sagte er. «Sie lässt mich noch eine Weile hier wohnen.»

Ich vermutete, dass er log, aber ich trete auch keine Hundewelpen. Er ging die Treppe hinauf. Ich ging zur Haustür hinaus. Na gut, dachte ich. Mir war etwas gruselig gewesen, so allein in diesem Haus. Seit dieser Begegnung im Flur dachte ich, wenn ich all die Geräusche hörte, die alte Häuser unweigerlich machen: Oh, das wird Eddy sein, der die Tür öffnet, das Licht anknipst oder Wasser über Ramen-Nudeln gießt. Eddy blätterte in einem alten Fotoalbum, öffnete Seltersdosen und kraulte ein verspieltes schwarzes Kätzchen, an dessen Existenz ich zu glauben begonnen hatte. Er knickte Eselsohren in *Sein und Zeit*, das einzige Buch, das er in meiner Vorstellung besaß. Es war nicht gerade Liebe, aber besser als die Gefühle, die dem vorausgegangen waren. Über die will ich mich lieber nicht auslassen.

Etwa eine Woche später erlebte ich eine Neuauflage der Fadenkäse-Episode. Bloß lag diesmal nur noch ein Apfel im Kühlschrank, und der sah nicht so toll aus. Ich zog den knallgelben Pullover an, den im richtigen Leben zu bereuen ich noch keine Gelegenheit gehabt hatte, und wagte mich hinaus. Der wiederholte Fadenkäse-Fehler hatte mir einen Schrecken eingejagt, darum beschloss ich, weiter als nur bis zum Eckladen zu gehen. Ich müsse öfter vor die Tür, nahm ich mir vor. Nach ungefähr sieben Querstraßen stieß ich auf eine kleine, nach Familienbetrieb aussehende Gyrosbude. Ich ging hinein und bewegte dabei die Glöckchen, die an der Klinke hingen. Das Bimmeln klang so, als müsste irgendwo ein alter Filmstreifen vorgespult werden.

Am hinteren Ende der Imbissstube drückte ein Mann einen gewachsten Pappbecher gegen den Hebel eines Cola-spenders. Ich liebe gezapfte Cola. Meine ganze Familie liebt sie. Vielleicht ging ich darum unwillkürlich direkt dorthin, stellte mich dicht neben den Mann, um mir eine Cola zu holen – zahlen konnte ich später, so wie der Laden aussah –, und dann murmelte der Mann – etwas an der Neigung seines Halses löste einen Kitzel des Wiedererkennens aus – «Gott-verdammt», weil Schaum über den Rand seines Bechers rann. Mich hingegen überfielen Erinnerungen: endlose Partien Gin Rummy, mein schweißgebadeter Vater in seinem durch-geknöpften Arbeitshemd nach einem Sprint, ein aus alten, halb im Feld vergrabenen Reifen gebauter Weg, haufenweise Pistazienschalen. Manchmal rief ich diese kleinen Reminis-zenzen an meinen Vater bewusst auf, aber gewöhnlich kamen sie nicht ungebeten daher. Dieser Hals, dieses «Gottver-dammt» – sie waren mir vertraut. Aber mein Vater konnte es nicht sein, der war seit mehr als einem Dutzend Jahren tot, seit einem Bäckerdutzend eigentlich. Aber selbst wenn er erst seit einem Tag tot gewesen wäre, wäre das immer noch tot genug gewesen, dass er nicht der sein konnte, der da den Limonadenspender verfluchte.

Ohne Getränk in der Hand entfernte ich mich von dem Colaspender. Gelassen ging ich meinen Angelegenheiten nach. Ich bezahlte mein Dosengetränk aus dem Kühlfach, bestellte mir ein Gyros, bezahlte auch das, wartete, und dann, mit einem vollen roten Plastikkörbchen in der Hand, sah ich mich nach einem Sitzplatz um.

Er sah wirklich so aus wie mein Vater. Jedenfalls so, wie mein Dad dreizehn Jahre zuvor ausgesehen hatte. Keinen Tag älter. Es war sogar eine Art Good-Hair-Day für diesen Mann, mein Dad hatte immer etwas jünger gewirkt, wenn sein Haar eher fettig und darum dunkler gewesen war, und genauso sah dieser Mann mit seinem inzwischen fast geleerten gewachsten Pappbecher gezapfter Cola aus. Er saß an einem Ecktisch. Er schenkte mir ein halbes Lächeln. Mag sein, dass ich ihn an starrte.

Er nannte mich nicht beim Namen und auch nicht sein kleines Hustenbonbon oder Zuckerschnäuzchen oder fragte mich, wie es mir ginge, oder sagte: Das ist aber lange her, nicht wahr? Er sagte nur leichthin zu mir: «Setz dich doch her.»

Kleckse von Joghurtsoße auf unserem Tisch glitzerten, als bräche sich die ganze Herrlichkeit des versunkenen Atlantis darin; verstreute Salzkristalle fluoreszierten in verrückten Winkeln. Zumindest empfand ich es in dieser Stimmung so. Mein Vater griff sich ein paar Servietten und wischte sich damit über die Stirn; von Zwiebeln geriet er immer ins Schwitzen.

Ich fragte ihn, ob er in der Nähe wohne.

«Irgendwie schon», sagte er. Dann: «Nicht wirklich.» Dann: «Nicht, dass ich von hier wäre.» Er aß zügig auf.

Als er hinausging, bimmelten die Glöckchen an der Tür.

War ich durch ein Wurmloch in der Zeit geschlüpft? Ein Werbeplakat an der Wand zeigte eine Blondine mit Achtziger-Jahre-Pony, die sich vorbeugte, um einen Bissen Gyros zu nehmen, während eine Überschrift Aussprachehilfe bot. Aber es war schwer, «Yiiros» als Beweis zu nehmen; alle Gyrosbuden, die ich je betreten hatte, waren altmodisch gewesen.

An diesem Abend marschierte Eddy in seiner Wohnung auf und ab. Ein Knarren, das an Lautstärke zu-, dann wieder abnahm. Zu und ab, wie der Atem eines riesigen Mannes. Er überlegte, beschloss ich, ob er mich besuchen kommen sollte.

Am nächsten Tag ging ich erneut in die Gyrosbude. Als ich eintrat, bimmelten die Glöckchen an der Kette so wunderschön. Noch viel schöner als am Tag zuvor. Ich dachte an die flötenden Unterwasserstimmen der Sirenen. «Schön, dich wiederzusehen», rief mein Dad durch das schmale Lokal.

Ich bestellte mir ein Bier zu meinem Essen, was ich sonst nie tue. Dann noch eine Cola. Das Haar meines Dads sah nicht ganz so gut aus wie am Tag zuvor. Aber als ich nach der Flasche mit der Joghurtsoße fragte und er sie mir reichte, dachte ich unwillkürlich an die riesigen Distanzen zwischen Kernen und Elektronen, an das gewaltige Nichts der Materie, die schwindelerregende Energieumwandlung und daran, was für eine wundervolle Errungenschaft das war: mein Vater, der mir die Joghurtflasche reichte. Er war erstaunlich. Ein erstaunlicher Mensch. Wir waren alle erstaunlich.

Wir begannen über Gin Rummy zu reden, und dann habe ich den Mann wohl eingeladen, mit zu mir zu kommen, um ein bisschen zu spielen. Wir spielten stundenlang. Komisch daran war, dass es ganz normal war. Und das ganze Gebäude schien glücklich zu sein. Im Treppenhaus erklangen Gelächter, klappernde Schritte und alte Musik; die Strophen von «Georgy Girl» von den Seekers drangen an meine Ohren. Feierte Eddy eine Party? Es war, als hätte man die Kunst der Immobilienpräsentation in neue Höhen geschraubt; jemand, der das Haus in diesem Moment besichtigt hätte, wäre zu einem Impulsivkauf bereit gewesen, glaube ich. Obwohl mir diese ganze «Lebendigkeit» in gewisser Weise auch Angst machte. Meine alte Freundin Betsy hat mir mal von einem Spukhaus erzählt, in dem sie ein Zimmer gemietet hatte. Mit Spukhaus meinte sie, sie habe gehört, dass jeder, der in diesem Haus gewohnt habe, verhext worden sei. Einmal habe sich dort jemand umgebracht, man nahm an, es sei dessen Geist, der umging. Jedenfalls fürchtete sich Betsy vor dem Spuk. Aber es geschah nichts, nichts und wieder nichts. Eines Nachts dann aber doch. Ein Türknauf klapperte, Schritte ertönten, ein leises Stöhngeräusch … eben alles, was dazugehört.

Aber das war es auch schon. Nur diese eine Heimsuchung in dieser einen Nacht. Und Betsy dachte: Geist, warum hast du mich verlassen? Habe ich etwas richtig gemacht?

Am nächsten Morgen fiel mir auf, dass die einzige Uhr in meiner Wohnung stehengeblieben war. Es war keine kunstvoll gebaute Standuhr, keine charmante alte Aufziehuhr oder Taschenuhr an einer Messingkette. Bloß dieses kleine LED-Ding, das jahrelang funktioniert hat. Viele Spannungsstöße überlebt, viele Umzüge. Nun nicht mehr. Ich fühlte mich etwas entmutigt. Aber dass ich nicht den blassesten Schimmer hatte, wie spät es war, gab mir eine gute Entschuldigung dafür, zu Eddy hinaufzugehen. Ich konnte ihn nach der Uhrzeit fragen. Nur das.

Hinter Eddys Tür hörte ich Schritte. Ich klopfte. Jäh hörten die Schritte auf. «Eddy?» Keine Antwort. Befürchtete er, ich würde mich wegen des Partylärms beschweren? «Eddy? Meine Uhr ist bloß stehengeblieben.» Vielleicht dachte er, ich wollte ihn küssen. Vielleicht war das seine Version von einem Albtraum. Ich klopfte noch einmal. Wieder nichts.

Menschen haben Launen; das weiß ich nun wirklich aus erster Hand. Ich versuche, da neutral zu sein. Ich ging die Treppe hinunter. Einen Moment lang war die Stille, nun ja, ohrenbetäubend, aber nach einer Weile – ich weiß natürlich nicht, wie lange – vernahm ich oben wieder die Schritte. Auch andere seltsame Geräusche. Quietscher. Ein paar Schnalzer. Etwas, was klang, als würden Zeitungen gefaltet.

Schließlich – die Sonne stand noch hoch – ging ich hinaus zu der Gyrosbude. Als ich eintrat, bimmelten die Glöckchen in einem ziemlich mediokren Ton. Der Limonadenspender war da und auch der Geruch von frischgeschnittenen Zwiebeln. Ich erkannte keinen der Stammgäste. Meinen Vater habe ich noch immer nicht wiedergesehen. Auch Eddy nicht. Aber das ist erst ungefähr zweiundzwanzig Wochen her. Und eines Morgens neulich dachte ich, im Kühlschrank sei Fadenkäse, und dann war tatsächlich welcher drin. Vielleicht ist das falsch von mir, aber ich hoffe, dass noch lange niemand dieses Gebäude kauft. Ich habe das Gefühl, dass Geister gern an dieselben Orte zurückkehren. Ich jedenfalls tue das gern. Und es ist etwas dran an der Sache mit der guten Substanz: Man träumt hier wirklich leichter.

DEKAN DER SCHÖNEN KÜNSTE

Dem Zusammentreffen von Langeweile mit einer atavistischen Attraktion durch die Farbe Gold verdanke ich die Entdeckung der *Gesammelten Korrespondenzen von Manuel Macheko* auf einem fast leeren Regal im Haus meiner Kindheit (und in meiner Kindheit selbst). Die einzigen anderen Bücher im Haus waren Ratgeber für Gesundheit oder Einkommenssteuer. Macheko hingegen schrieb an Menachem Begin und erklärte ihm, sein Nachname klinge verwirrend nach Betteln; an Barbara Bush, der er ein Brokkoli-Rezept (mit Cumin) offerierte, das ihren Gatten davon überzeugen sollte, «den bescheidenen Kreuzblütler aus seinem niederen Stand zu erheben»; an Hersteller von Haarfärbemitteln, die er um kostenlose Proben der für Männer geeigneten Sorten bat. Sein Buch hatte jene Art von Macht über mich, wie man sie einem Vermeer zuschreiben würde: ein Raum mit einer Landkarte an der Wand, ein soeben eingetroffener Brief, ein Schiff auf See, durchs Fenster gesehen, während Licht aus einer wundersamen, unbegrenzbaren Welt hereinströmt, die eines Tages so sicher wie die Verkündigung den Weg zu dir finden wird. So jedenfalls empfand ich das. Damals. Ich verstand die Briefe nicht als Versuche, zumindest teilweise komisch zu sein. Eine verblüffende Anzahl ihrer Empfänger antwortete, mal kurz und bündig, mal ausführlich, und die Antworten waren neben Machekos Originalbriefen in dem Buch enthalten. In der Tat war es denen gewidmet, «die sich die Zeit für eine Antwort genommen hatten». Mal «begrüßte» man Machekos Ansichten oder hatte sie «wohl bedacht». Aber mal auch mehr. Ein indischer Expremier hatte sich die Zeit genommen, in einer längeren handschriftlichen Nachricht zu bestätigen, er trinke wirklich täglich seinen Urin, das sei, neben dem Zölibat und Sellerie, Teil seines Gesundheitsprogramms. Joan Rivers stellte klar, sie habe noch kein Facelifting machen lassen, zweieinhalb Stunden Geniales Haar und Make-up reichten. Helen Gurley Brown riet Manuel, seine Freundin einfach rundheraus zu fragen, ob sie Herpes habe.

Ich weiß nicht, wie viele Exemplare dieses selbstverlegten Buches existiert haben oder existieren. Ich glaube, Macheko hat es sogar selbst vertrieben. Als ich älter wurde, begann ich, es aus Gründen, die ich (irgendwie) erklären kann, als Hilfeschrei zu deuten. Allerdings habe ich mir neulich ein Handbuch der Gesichtsmimik angesehen, mit dessen Hilfe autistische Jugendliche lernen sollen, Gefühle am Mienenspiel abzulesen; es enthielt mit Erläuterungen versehene Fotos von glücklichen, verärgerten oder besorgten Gesichtern; ich war irgendwie nicht in der Lage, die für normale Menschen angeblich leicht zu «lesenden» Gesichter zu «lesen»; ich meine, ich war es schon, aber dann auch wieder nicht; ich konnte sagen, welche Gefühle ich darin sehen *sollte*, klar, aber im Grunde lasen sie sich alle gleich, sahen alle nach Hilfeschreien aus.

Obwohl ich ihn immer wieder nachschlage, bin ich offenbar unfähig, mir den Namen des Predigers zu merken, der die «Sünder in der Hand eines zornigen Gottes»-Predigt gehalten hat, und ähnlich chronisch unfähig bin ich, den richtigen Namen des pseudonymen Mr. Macheko im Kopf zu behalten. Gemerkt habe ich mir nur, dass er ein persischer – sein Ausdruck – Professor war, der in Norman, Oklahoma, lebte (wo auch ich lebte), und dass er, als ich auf sein Buch stieß, bereits von seinem Posten als Professor entbunden worden war oder kurz darauf entbunden wurde, unter Umständen, die, so gab mir mein Vater zu verstehen, der ein Kollege von ihm war, in gewisser Weise ungerecht oder mit Aberglauben verbunden schienen oder zumindest nicht unabhängig davon waren, dass der Autor besonders dunkle Haut und einen trällernden Akzent hatte und obendrein einer rätselhaften Religion anhing, und das in einer gänzlich weißen – seltsam wohlgescheitelten – Fakultät einer der politisch konservativsten Universitätsstädte des Landes. Ich hatte auch einmal Gerüchte gehört, ähnlich denen über den Französischlehrer der Highschool, Macheko sei regelmäßig beim wöchentlichen Cross-Dressing-Abend in einer Bar in Oklahoma City gewesen. Ich glaube, ich verstand instinktiv, dass die Gerüchte im Fall beider Männer eine Form der üblen Nachrede darstellten, in der eine Patina von Zeit und geographischer Verschiebung die Bereitschaft zur Verehrung oder Furcht, aber nicht die Wahrheit erkennen ließ. Doch was die Entlassung betrifft: Vermutlich verunsicherte Macheko die Leute auch einfach. Das kann jedem zum Problem werden.

Ich führe diese Verunsicherung zugunsten einer Art Vertrauensvorschuss für die Leute aus dem Mittleren Westen ins Feld, die mich – ebenfalls eine komisch aussehende Ausländerin – in ihre Häuser eingeladen und mir mehr über Offenheit und soziale Gerechtigkeit beigebracht haben als irgendjemand danach und denen, wie ich glaube, heutzutage kein Mensch in meiner Umgebung fair gegenübertritt. Und ich unterstelle Macheko diese Verunsicherung, weil sein Sohn auf der Highschool in die Klasse über mir ging und Trompete spielte. Er war sehr, sehr redselig. Er hatte schlimme Akne, eine große Nase, eine Brille, jede Menge Energie und einen Frohsinn, an dessen Grenzen noch keiner von uns gestoßen war. Die soziale Schande, die aufgrund von Genetik, Herkunft und was weiß ich so ungerechter- wie wenig überraschenderweise auf das Haupt des jungen Macheko geladen wurde – er nahm sie und dampfte sie einfach zu noch größerer Geselligkeit und hervorragenden Schulleistungen ein. Bis hin zu Folgendem: Unser Kunstlehrer opferte die Stunde am Freitag gern für «Bibel-Jeopardy», und obwohl das nicht Machekos heilige Schrift war – ich glaube, er war Zoroastrier –, gewann beinahe unfehlbar sein Team. Viele Kinder mochten den jungen Macheko nicht, und noch mehr mokierten sich über ihn. Manche bewarfen ihn sogar mit Steinen. Und doch steigerte sich sein Überschwang nur. Er sprach über alle gut.

Einmal wurden er und ich bei einem Diskussionswettstreit am Wochenende zusammengespannt, um als Zweierteam mit anderen Zweierteams zu debattieren. Das Thema war «Der Mensch hat das Recht zu sterben, wie und wann es ihm beliebt». Wir mussten sowohl pro als auch kontra argumentieren. Für den Kontra-Part gingen wir auf das ein, was wir als das übersehene «Wie» der Aussage definierten; es war ein blödsinniges Argument – als würde sich ernsthaft die Frage stellen, ob Leute das Recht haben sollten, einfach mitten auf den Freeway hinauszuspazieren oder sich im öffentlichen

Schwimmbad zu ertränken –, aber technisch war es wasserdicht, und wir gewannen spielend alle vier Tagesrunden. Wir wussten, dass wir uns für die am zweiten Tag des Wettstreits geplanten Runden mit vorbereiteten Gegenargumenten eine Reihe von neuen Widersprüchen einfallen lassen mussten, und so saßen wir bis spätabends im örtlichen Diner und arbeiteten vor gebratenen Okras und zahlreichen Tees Ideen und Einwände aus, erst zum Thema des Wettstreits, bis wir zu diesem und jenem abschweiften und schließlich beim Kainsmal landeten. «Der unschuldige Abel hat keine Nachkommen», sagte Macheko junior, als hätte ihn jemand danach gefragt. «Wir vergessen immer, dass wir von Kain abstammen, nicht von Abel. Es ist, als trüge jeder von uns ein Kainsmal, als hätte jeder von uns seinen Bruder getötet. Und die Leute glauben, Gott hätte Kain mit einem Zeichen der Schande gebrandmarkt, aber das stimmt nicht.» Immer noch fragte keiner, aber er antwortete weiter. «Das Mal sollte ihn beschützen. Das Mal bedeutete, wer Kain bestrafe, der werde siebenfach von Gott bestraft. Es ist nicht an uns zu richten!», sagte Macheko. «Oder so ähnlich.» Wir gingen zu anderen Themen über. Das Reden fiel uns leicht. In mancher Hinsicht hatten wir viel gemeinsam. Dann, so gegen ein Uhr morgens – ich weiß nicht, wie ich beschreiben soll, was da geschah, außer indem ich sage, dass er mir einen Blick zuwarf. Keinen romantischen Blick; es war viel schlimmer. Er warf mir einen Blick zu, der eine unmittelbar bevorstehende Beichte von Macheko'scher Vereinsamung und Not anzukündigen schien. Eine Beichte, die mir, wenn ich sie anhörte, eine Verpflichtung auferlegen würde, die ich niemals auch nur annähernd erfüllen könnte. Ich wäre eine flüchtige Zwischenmahlzeit für einen ewig hungernden Golem gewesen, mehr nicht. «Puh, ich bin dermaßen müde», sagte ich. «Mein Gott, es ist, als hätte mir jemand einen Knüppel über den Schädel gezogen.» Ich ging.

Beim Wettstreit am nächsten Tag verloren wir die Kontra- und gewannen die Pro-Runden. Den Rest meiner Highschool-Zeit mied ich den jungen Macheko und bemühte mich auch in den zwanzig Jahren danach, nicht an ihn zu denken. Ich hörte, dass er nicht die Mittel besessen habe, die Stadt für ein Studium zu verlassen, aber dass die Familie Macheko schließlich weggezogen sei – an irgendeinen Ort oder an mehrere Orte. Ich selbst war ebenfalls weggezogen und nicht zurückgekehrt.

Dann war ich im vergangenen Jahr ein paar Wochen unten in Mexiko. Ich machte eine Zeit intensiver Angstzustände durch, die zu erklären zu absurd, blöde und schwer nachvollziehbar wäre, und ich hatte getan, was mein Mann Mein-Heil-in-einem-Ortswechsel-suchen nannte. Mir ist schon klar, dass Mexico City nicht gerade als Himmel der Angstfreiheit gilt. Aber jedenfalls konnte ich mir dort guten Gewissens Dinge leisten, die ich mir normalerweise nicht hätte leisten können, weil das Leben billiger war, aber nicht so viel billiger, dass man sich die ganze Zeit miserabel fühlte (obwohl, ein bisschen schlecht eben doch). Ich ertappte mich dabei, dass ich zur Pediküre ging, was merkwürdig war, weil ich den Anblick manikürter Nägel eigentlich nicht mag und auch nicht, dass sich eine Fremde mit scharfen und stumpfen Objekten an meiner Nagelhaut zu schaffen macht: Das fühlt sich alles sehr falsch an. Als ich mich also dieser Widersinnigkeit hingab, kam ich ins Gespräch mit einer Mexikanerin, die, wie sie sagte, Reporterin bei den Fernsehnachrichten sei. Oder vielmehr gewesen sei. Bis sie einen schweren Autounfall gehabt habe. Gefolgt von einer langen Rekonvaleszenz. In dieser Zeit sei sie sehr depressiv geworden und habe stark zugenommen. Zwanzig Kilogramm! Beim Sender sagte man ihr, wenn sie ihre Arbeit behalten wolle, müsse sie abnehmen; man werde ihr vier Monate Zeit dafür geben. Ich sei doch Amerikanerin, nicht wahr? Oh, sie kenne meine Nachbarschaft in New York, weil sie mit Norman Mailers Enkel zusammen gewesen sei, und Norman Mailer habe dort gelebt, der habe auch etwas von ihr gewollt, jawohl, sogar noch auf dem Sterbebett, und nein, die Beziehung habe nicht funktioniert, weder die mit Norman Mailer noch die mit seinem Enkel. Demnächst werde sie über die mexikanischen Halbzeitwahlen berichten, wenn mit der Diät alles klappe. Vielleicht werde sie dafür nach Sinaloa fahren müssen oder nach Chihuahua, jedenfalls an Orte, wo der Drogenkrieg besonders heftig tobe. Ihr Freund lebe in Juárez; der sehe Leichen auf den Straßen. Tja, das sei eben der Norden!

Die junge Frau, die sich zart mit meinen Füßen befasste, fragte mich, in welcher Farbe ich meine Zehennägel lackiert haben wolle. Die Fernsehreporterin fragte mich, was ich in Mexico City machte.

Ich fühlte mich nicht ganz bei mir, und das Licht drang schwer durch das verstärkte Fensterglas, wobei es sich in ein breites Diadem auffächerte, was vielleicht erklärt, warum ich mir am Ende limonengrüne Nägel wünschte und mich sagen hörte, ich schriebe eine Kulturreportage über Mexico City für ein Magazin. Für das *New York Times Magazine*. Ich sei mir noch nicht im Klaren darüber, worauf ich den Schwerpunkt setzen würde; ehrlich gesagt, schwämme ich da ein bisschen.

Außer dem Schwimmen stimmte nichts von dem, was ich

gerade gesagt hatte. Zum einen bin ich Molekularbiologin. Ich arbeite im Bereich der Epigenetik, untersuche Mechanismen, die den genetischen Code verändern, ohne selbst in ihm angelegt zu sein. Das ist eigentlich ziemlich interessant, finde ich, aber es ist schwierig, eine Möglichkeit zu finden, darüber mit Fremden zu «plaudern», weil plaudern über Methylierung und Histone eben schwierig ist.

Ich habe die perfekte Lösung!, sagte die Fernsehreporterin. Sie sollten über mich und meine Freunde schreiben! Sie könne mir einen richtigen Zirkel von Künstlern und Schriftstellern zeigen. Als sie Zirkel sagte – sie war in ein ziemlich umgangssprachliches Englisch gewechselt –, dachte ich einen Moment lang, sie hätte Zirkus gesagt. Das klinge narzisstisch, lachte sie, werde die amerikanischen Leser aber sicher sehr interessieren und für mich werde es leicht und vergnüglich sein, erklärte sie, und für sie wirklich hilfreich, das auch, denn sie wolle eine andere Arbeit, Arbeit in den USA, Arbeit, von der sie wisse, dass sie richtig gut darin sei, und das Leben in Mexiko sei derzeit sehr schwierig; aber natürlich liebe sie Mexiko. Es gebe genug negative Geschichten über Mexiko, dies werde mal eine positive sein! Sie müsse nur noch ein bisschen abnehmen. Und sich in den USA eine Ausgangsbasis schaffen. Sie sei so glücklich, mich kennengelernt zu haben. Das werde alles ganz toll.

Ich sagte, auch ich fände, das klinge toll.

Vermutlich gibt es Menschen, denen es zumindest vorübergehend Spaß macht, zum Objekt von projizierter Wertschätzung und Hoffnung zu werden, selbst wenn diese fehlgeleitet sind. Es gibt Menschen, die sich fröhlich auf einen elementaren Schwindel und/oder Irrtum einlassen können und ihn entweder aufklären oder einfach bestehen lassen und dann sogar ihren wie geringen Beitrag auch immer dazu leisten, den Leuten in ihrem Umfeld das zu geben, was sie wollen oder brauchen, und die auch in der Lage sind, mit jedweder Enttäuschung umzugehen, die daraus entsteht. Manche Menschen mögen nicht finden, dass schon die geringste Begeisterung, die jemand für sie aufbringt, Vorstellungen von jener Szene heraufbeschwört, die vielleicht oder vielleicht auch nicht bei Dante steht, aber gewiss irgendwann in meiner Schulzeit vorgekommen ist, wo der Erzähler in einem Boot sitzt und einen Fluss in die Unterwelt quert, möglicherweise den Styx oder die Lethe, und die toten Seelen in dem Fluss wollen zeternd an Bord, obwohl ihnen das natürlich nicht gelingen kann, weil sie verdammt sind, während der Erzähler lebt und noch nicht über ihn zu Gericht gesessen wurde. Als ich am nächsten Tag losging, um Annalise (so hieß sie) zu treffen, habe ich womöglich sogar flüchtig an Manuel Macheko gedacht. Oder zumindest an das Buch mit dem goldenen Umschlag, an diese Briefe, die indirekt um Hilfe schrien und sich auf Reisen begaben, von denen Kunde zurückkam oder nicht.

Vielleicht habe ich auch gar nicht an Machekos Buch gedacht. Vielleicht sind mir die Machekos erst im Rückblick wieder eingefallen.

Ich betrat eine überfüllte *cantina* in Condesa. Die Leute saßen zusammen, um sich das WM-Spiel Mexiko gegen Frankreich anzuschauen. «Das ist meine liebe Freundin Alice!», sagte Annalise, als sie mich einem gedrängten Tisch voll gut aussehender Menschen vorstellte, von denen einige «Charakter»-Brillen trugen. Dann ließ sie zum Großteil unwahre biographische Details über mich folgen, von denen manche nicht einmal auf meinem eigenen Mist gewachsen waren. Ich heiße auch nicht Alice, aber fairerweise muss ich sagen, dass ich Annalise erzählt hatte, ich hieße so. Jemand am Tisch betrieb eine Kunstgalerie; ein anderer studierte Architektur in Yale; vielleicht war es auch seine Freundin, die das tat, und er spielte in einer Rockband; noch ein anderer trug ein sehr hübsches Sakko über einem meerschaumfarbenen Hemd. Die *cantina* war erfüllt von lautem Gejohle und Geschnatter. Ein Maissnack mit Sauerrahm erschien auf dem Tisch und sah in den kleinen Gläsern, mit scharfem Pfeffer bestreut, irgendwie edel aus. Eine Runde Mescal wurde bestellt! Ein Tor fiel! Die Gäste der *cantina* sprangen auf und jubelten. Man blies in kleine Kazoos.

«Die Narcos wollen nicht, dass Mexiko gewinnt», setzte mir der Rockmusiker oder Architekturstudent auseinander. «Das macht die Leute zu selbstbewusst. Dann fangen sie an, Erwartungen zu haben.» Die Frau neben ihm, die zu vielleicht einem Viertel indisch aussah und winzig war, allenfalls eins fünfzig – was ihre ansonsten solide Schönheit jenseitig wirken ließ –, hatte kürzlich ein Kunstprojekt abgeschlossen, das «Lachen in Dosen» hieß, Konservendosen, auf deren Etikett das Wort «Lachen» stand.

«Uribe in Kolumbien hat es so gemacht», sagte ein betrunkener älterer Mann zu mir. «Ließ sie einfach allesamt umbringen. Nicht nur die Narcos selbst, sondern auch ihr gesamtes Umfeld. Den Narco-Buchhalter. Den Narco-Fahrer. Den Narco-Nephrologen. Einfach alle. Man muss sie alle vernichten. Erst dann kann man sie langsam wieder hochkommen lassen, denn Drogenhandel wird es natürlich immer geben. Aber man darf sie nicht glauben lassen, das Land gehöre ihnen.»

«Kann man sie nicht einfach ins Gefängnis stecken?», fragte ich.

«Gefängnis ist für die wie der Club Med», sagte er. Seine braunen Augen standen weit auseinander, und genau genommen sah er eigentlich ganz gut aus. Es kamen noch mehr Drinks. Mir wurde immer gleichgültiger, was für Sätze fielen, inklusive dem: «Es ist so wichtig, dass die Leute wissen, wie der Hase läuft. Ich habe darüber ein Gedicht geschrieben.»

«Wie toll, dass du jetzt zeigen kannst, wie die schönen Künste hier in der wirklichen Welt verwurzelt sind», sagte Annalise zu mir. «In welcher Lage wir uns befinden und welches die Mittel sind, mit denen wir arbeiten. Unsere Produktionsmittel. Ich bin wirklich so froh, dass du hier bist.» Noch mehr Snacks wurden an den Tisch gebracht. Annalise, die in einer solchen Trink- und Snack-Kultur abzunehmen versuchte, tat mir leid.

Und nicht viel später war dann Schluss. Der Nachmittag war gelaufen. Mexiko gewann das Spiel. Ich war betrunken.

Ich hielt ein langes Nickerchen. Im Traum betrat ich eine Art *cantina* oder Bar oder Billard-Café oder alles zusammen, und da war mein Vater, bloß mit dem Gesicht meines Mannes. Ich selbst befand mich in Gesellschaft zweier junger Liebhaber oder einfach nur männlicher Begleiter. Komisch an der Anwesenheit meines Vaters war nur, dass er tot ist, und das galt auch im Traum, was also tat er da, so atmend und lebendig? Ich ging hin und sprach ihn mitten in einem Spielzug an. Jetzt hatte er sein eigenes Gesicht. «Warum hast du nicht wenigstens angerufen und gesagt, dass du noch lebst?», fragte ich. «Wenigstens ein Anruf. Ein Brief. Irgendwas.» Seine Antwort fiel ziemlich knapp aus. Im Grunde (des Traums) sagte er gar nichts. Und weder mein plötzliches Erscheinen noch meine Fragen schienen ihn zu überraschen oder zu stören. Sein Gesicht – jetzt war es wieder das meines Mannes – war blass, und er wandte sich achselzuckend seinem Billardspiel zu. Ich fragte mich, ob er geistig gesund war. Dann rief ich von einem öffentlichen Telefon in der Bar aus meine Mom und meine Schwester an, um ihnen die Neuigkeit zu berichten – dass unser Familienoberhaupt lebte. Sie wussten längst Bescheid; sie hatten es schon immer gewusst. Warum hatten sie es mir nicht erzählt? «Für uns war er gestorben. Wir haben dir nichts verheimlicht.»

Ich wachte zwar nicht verschwitzt, aber sehr durstig auf. Ich sah, dass mein Mann angerufen hatte, aber ich rief nicht zurück.

Gegen 22 Uhr betrat ich eine weitere *cantina*. Dort saß eine kleinere Schar versammelt. Annalise sah mich hereinkommen, sprang von ihrem Stuhl, lief auf mich zu, umarmte mich und gab mir drei Wangenküsse. Die körperliche Zuwendung sorgte dafür, dass ich mich gut aufgehoben und sicher fühlte, obwohl ich im Grunde meines Herzens vermutlich eine tiefe Skepsis gegen Annalises Zuneigung empfand wie, ja doch, überhaupt gegen jedermanns Zuneigung in jüngster Zeit. Um so mehr, als sich diese Zuneigung auf ein unter falschem Namen daherkommendes und mit falschen Attributen versehenes Ich richtete. Das Publikum war schon ziemlich in Stimmung. Versehentlich wurde ein Teller mit Limetten umgeworfen. Ich bestellte mir nur ein Bier; es kam mit einem Tequila auf Kosten des Hauses. Jemand ließ sich laut und verärgert über Pekaris aus. Oder über Gregory-Peck-Filme? Jemand tätschelte mir das Knie. Über der Bar lief in einem kleinen Fernseher die Wiederholung des Fußballspiels vom Nachmittag. Bei den Schlüsselszenen johlten die Gäste noch immer, als wäre das Spiel live und das Ergebnis unbekannt.

Ich johlte mit. Während ich noch ein Bier bestellte, wunderte ich mich über meine eigene und über Annalises Taille. Vielleicht lag darin der Anfang einer echten Empathie?

Es gab eine Drei-Mann-Kapelle – zwei große Gitarren, ein Waschbrett mit angeklemmter Mundharmonika –, die an den Tisch kam, einen *corrido* sang, das Trinkgeld entgegennahm, sich gleich wieder in die Nähe der Bar zurückzog und wartend in den winzigen Fernseher starrte. Wenn neue Gäste eintrafen, ging die Band zu ihnen hinüber, nicht sofort, aber recht bald, um erneut aufzuspielen.

Am Eingang hörte ich laute Rufe.

Die Eingangstüren waren Saloontüren, obwohl mir das beim Hereinkommen entgangen war.

Annalise lief zu einem Mann, der dort am Eingang stand. Um ihn aufzuhalten? War er wütend? Gefährlich? Sie küssten sich vielleicht zehn- oder fünfzehnmal auf die Wange, aber nicht wie Liebende oder Exgeliebte oder irgendetwas in der Art.

«Sie wissen doch wohl, wer das ist?», sagte jemand neben mir.

«Nein», sagte ich.

«Das ist Manuel Macheko», sagte mein Nachbar.

Zumindest hörte ich ihn Manuel Macheko sagen. Mir brach der Schweiß aus, mich quälte ein klingelnder Ton, den sonst niemand zu bemerken schien, und ich fühlte mich, als hätte jemand, dem ich lange vertraut hatte, seine Bereitschaft preisgegeben, mich den Hunden zum Fraß vorzuwerfen. Sprachen da nur die Reste meines Traums zu mir? Suchte mich wirklich Manuel Macheko heim? «Was sagten Sie, wer das sei?»

«Wissen Sie, er war ein großer Freund von Buñuelos. Und auch von Monkey Vice.»

Oder ich hörte ihn wieder nur Buñuelos und Monkey Vice sagen. Ich war mir ziemlich sicher, dass *buñuelos* «kleine Doughnuts» bedeutete. Dann merkte ich, nein, er hatte Bolaño gesagt. Von Bolaño hatte ich zumindest schon gehört. Was Monkey Vice betraf, so gelang es mir nicht, daraus einen plausibleren Namen abzuleiten. Stattdessen hörte ich immer nur Monkey Vice, Monkey Vice, Monkey Vice. Ich konnte mir erschließen, dass dieser Monkey Vice ein vor relativ kurzer Zeit verstorbener Intellektueller von beträchtlichem Format gewesen sein musste. Der Katzen geliebt hatte. Ein hochverehrter Mensch. Von dem nun jeder wünschte, sagen zu können, sie oder er habe ihn gut gekannt. Mir wurde klar, dass ich wie eine Verliererin wirken würde und vielleicht wie eine Kolonialistin, wenn ich durchblicken ließe, dass ich keinen Schimmer von dem verehrten Monkey Vice hatte und nur eine dunkle, gemunkelte Ahnung von Bolaño – diesen Männern, die noch aus dem Grab ihren Glanz auf den Manuel Macheko warfen, mit dem Annalise jetzt an unseren Tisch zurückkehrte. Wessen Leben war das hier? Nicht meins.

«Er heißt Manuel Macheko?», versicherte ich mich leise bei meinem Nachbarn zur Rechten.

«Ja, ja, Manuel Macheko», wiederholte er.

Aus der Nähe war dieser Macheko ein ungewöhnlich klein gewachsener, hässlicher und fröhlich aussehender Mensch. Ich erkannte ihn nicht. Aber den Vater des jungen Macheko hatte ich nie getroffen. Dieser mexikanische Macheko war nicht so dunkelhäutig wie der junge Macheko. Ich konnte dem Mann da vor mir keine eindeutige ethnische Identität zuzuschreiben, obwohl ich zuverlässig sagen kann, dass ich nicht nicht geglaubt hätte, er sei gebürtiger Mexikaner – wahrscheinlich ein Mestize –; ich hätte aber auch nicht

nicht geglaubt, dass er Perser sei. Alles, was ich zum Vergleich hatte, war eine fehlbare Erinnerung an den Umschlag der Macheko'schen Korrespondenzen, auf dem der Autor in Form eines mit Tinte gezeichneten Cartoons eines Mannes mit einem kleinen Schnurrbart in Erscheinung getreten war, vor einer Schreibmaschine sitzend, aus der sich Papier rollte, auf dem man die Namen von Berühmtheiten erkennen konnte. Nicht sonderlich pathognomisch. Und warum war ich nie auf die Idee gekommen, mich zu fragen, weshalb ein Perser ein hispanisches Pseudonym gewählt hatte?

«Ihn lebend zu sehen kommt jedes Mal einem Wunder gleich», flüsterte mir Annalise ins Ohr. Macheko stand und brüllte mit erhobener Faust in Richtung des kleinen Fernsehers. Der mexikanische Trainer ist ein Kommunist! Er lässt nur die abgehalfterten Spieler aufs Feld! Er bestraft die jungen Stars für ihre fetten Verträge in Europa! Solange dieses Arschloch die Entscheidungen treffe, werde Mexiko nicht weit kommen! Dann setzte er sich erschöpft hin. Ich hätte nicht sagen können, ob er das Spielergebnis schon kannte oder nicht. Die Musiker kamen herbei. Er gab ihnen ein gutes Trinkgeld und bat sie um ein, wie sich herausstellte, sehr kurzes Lied. Dann folgte ein Süßigkeitenverkäufer; Macheko kaufte ihm ein Päckchen Pfefferminzkaugummi ab, bot allen am Tisch davon an und steckte es in die Tasche, ohne sich selbst einen genommen zu haben. In einem schnelleren Spanisch als gewöhnlich, dem ich nicht so gut folgen konnte, stellte Annalise mich ihm vor. Ich glaube, sie nannte mich eine brillante Journalistin. Macheko küsste mir mehrmals das Gesicht.

Ich wollte ihn fragen, ob er mal an der Universität von Oklahoma unterrichtet oder ob er einen Sohn habe, der

Trompete spiele. Alice jedoch wollte nicht fragen. Und ich war ja Alice.

Macheko bestellte eine Runde Bier; zu jedem kam abermals ein neues Glas Tequila auf den Tisch. Jetzt leuchtete er erneut, während er mit mir sprach. Irgendwie lag in der Luft, dass ich eine enorme Hilfe sein könnte, obwohl ich erneut nicht ganz verstand; in der *cantina* war es noch lauter und voller geworden. Macheko hatte eine Reportage über irgendein kopfloses Etwas geschrieben? Und warum war die noch nicht ins Englische übersetzt worden, wenn nicht aus irgendeinem verdammten Grund und weil die Leute feige waren?

Ich sagte: Haben Sie nicht mal so eine Briefsammlung verfasst? Auf Englisch?

Er ignorierte mich und redete zeitgleich weiter auf mich ein. Die Übersetzung ins Englische könne er selber machen! Sie müssten nicht mal einen Übersetzer bezahlen! Er scheiße auf seine anderen Projekte, dies sei seine wichtigste Arbeit! Machekos Spanisch klang weniger mexikanisch, mehr nach etwas anderem, das ich nicht verorten konnte, aber mit Akzenten habe ich es, ehrlich gesagt, nicht so. Einmal habe ich Deutsche gefragt, ob sie Kanadier seien. Wir wurden von einem Mann unterbrochen, der etwas trug, was wie ein Akkordeon aussah und mit etwas verbunden war, was aussah wie zwei Enden eines Hüpfseils mit Metallgriffen. Macheko handelte den Mann von dreißig auf zwanzig Pesos herunter. Dann stand er auf, umschloss die Griffe und bog wie unter schweren Schmerzen den Oberkörper durch. Das schien mir lange so zu gehen, obwohl es wahrscheinlich weniger als zehn Sekunden dauerte. Die Vorrichtung war ein Elektroschockgerät. Macheko erklärte, nun fühle er sich viel wacher und besser.

«Nehmt euch, nehmt euch gern», sagte er dann, zog ein

paar Handvoll kleiner Plastiktüten mit weißem Pulver hervor und warf sie auf den Tisch. «Das ist auch ein gutes Mittel, um wach zu werden.» Er ließ die Tütchen liegen, während er sich zu den saloonbetürten Toiletten weiter hinten aufmachte.

Ein Mann rechts neben mir erklärte mir, in Mexico City gebe es sehr reines, billiges Kokain, weil dort alles durchkomme, ob ich das wisse?

Wieder zurück, sagte Macheko zu mir, es sei so wunderbar, dass ich in Mexiko sei, ich schiene eine anständige Frau zu sein.

Ich hatte das Gefühl, dass er mich dabei mit einer Vertrautheit musterte, die der Situation nicht angemessen war. Vielleicht musterte er mich erkennend. Oder im Bestreben, erkannt zu werden. Konnte er das Gesicht meines Vaters in meinem sehen? Vielleicht war sein Blick eine irgendwie geartete Bitte. Ein Hilfeschrei?

Dann sagte er, er müsse gehen, und weg war er.

Ich blieb noch eine Weile, über das Ende der Fussballwiederholung hinaus. Du musst ihm helfen, sagte Annalise. Er hat eine Metallplatte im Schädel. Jemand anderes am Tisch nickte zustimmend. Mir wurde mitgeteilt, dass Macheko der Mann gewesen sei, der die hundertfachen Frauenmorde in Juárez untersucht hatte. Wer sonst hatte den Mut, das zu tun? Er war der Mann, der zu Monkey Vice gesagt hatte: Das ist kein Serienmörder. Kein Serienmörder, sondern Teil der kranken Kultur dort oben. Von ihm hatte Bolaño die berühmte Zeile in seinem Roman bekommen, wo die Frau sagt: «¡No somos putas, somos obreras!» Wir sind keine Huren, wir sind Arbeiterinnen! Jemand sagte, es gebe Narco-Kids, die nichts dabei fänden – vielleicht war es auch eine Initiation –, einer Frau in den Kopf zu schießen, während man sie in den Hintern fickte, wegen des speziellen Kicks. Das müsse überall bekannt werden. Noch einmal wurde die Metallplatte erwähnt. Sie hatte damit zu tun, dass Macheko irgendwann schwer verprügelt und als tot liegen gelassen worden war.

Ich wusste, es war falsch, dass ich diese Menschen – hauptsächlich negativ – beurteilte, weil sie mondän waren und eine Aura auffällig unauffälligen Reichtums verströmten und sich dabei so für das «wirkliche» Leben interessierten – aber wirklich war das hier doch auch! Macheko der Trompeter und Debattierer vermittelte mir über die Distanz der Jahre hinweg, dass Urteile gleich welcher Art keine Existenzberechtigung hatten. Ob Macheko von hier stamme, fragte ich. Oh, er habe schon überall gelebt. Er habe sogar in Texas gelebt, sagte jemand, aber mit seiner Green Card sei irgendetwas schiefgegangen. Er habe ein Geheimversteck in seiner Wohnung; da seien sämtliche Wände mit Büchern vollgestellt; es könne glatt die Wohnung von Edward Said sein, so gediegen sei die Buchauswahl; man könne hundert Jahre darin leben. Er arbeitet so viel! Er wird nicht überleben, wenn er hierbleibt. Irgendwann werden sie beschließen, ihn dranzukriegen. Sie können ihm helfen, sagte man mir. Sie sind diejenige, die es kann. Sie werden ihm Aufmerksamkeit verschaffen. Dann werden seine Werke auf Englisch publiziert. Man wird ihn als Helden feiern; man wird ihm Arbeit, eine Green Card und alles geben. So viel Macht hätten doch die amerikanischen Zeitschriften. Bolaño liebten sie ja schon in Amerika. Monkey Vice respektierten sie. Sie sollten mit ihm zusammen in den Norden fahren. Sie können eine Reportage über seine Reportagen schreiben. So wird es bestimmt funktionieren. Alice, Sie können das hinkriegen.

Alice sagte: Ja, Sie haben recht. Es ist wichtig. Ich werde tun, was ich kann.

Zurück in meinem mexikanischen Zimmer mit den kahlen Wänden, versuchte ich, nach der Person zu suchen, der ich begegnet war. Meine erste Internetrecherche ergab keine Machekos, die im Fachbereich Chemieingenieurswesen, demjenigen, aus dem der Briefeschreiber entlassen worden war, gelehrt hatten. Was ich fand, war ein Fußballer dieses Namens. Auch ein ungenutztes LinkedIn-Profil. Ich bin nicht nur eine schlechte Internetrechercheurin, mich im Internet durch ein paar Seiten zu klicken gibt mir auch das Gefühl, nächtelang nicht geschlafen zu haben. Mein Mann ist unermesslich viel besser in solchen Dingen.

Es war drei Uhr morgens. Ich rief ihn an.

Zu meiner Freude und Überraschung hob er ab.

Ich klärte ihn über das ursprüngliche Buch von Macheko auf. Dann beschrieb ich in Kürze diesen anderen Macheko – irgendein mexikanischer Journalist, sagte ich.

«Ich schaue mal nach», sagte er. Mein Mann konnte überhaupt keine Macheko-Bücher finden. Aber dann, nein, stieß er bei einem Online-Antiquariat auf ein Exemplar des selbstverlegten Buches mit den Briefen. Es wurde für einundneunzig Dollar angeboten.

Ich fragte, ob es nicht noch andere Bücher desselben Autors gebe. Oder eines Autors mit ähnlich buchstabiertem Namen? Ob er speziell auch nach spanischsprachigen Büchern geschaut habe?

«Findest du es nicht», sagte mein Mann, «etwas bizarr, dass ausgerechnet diese Sache dich zum Telefon greifen lässt? Du verschwindest mehr oder weniger, gibst keine Gründe dafür an, wir wissen nicht, wann du zurückkommst, und dann, wenn du endlich anrufst –»

Einen Moment lang dachte ich darüber nach, mich nach unserer Tochter zu erkundigen, aber ich wusste, das sähe nur nach einer Rechtfertigung aus oder wäre wahrscheinlich gar eine, zumal ich mir ziemlich sicher war zu wissen, wie es ihr ging; Kinder, so erinnere ich mich aus eigener Erfahrung, sind, glaube ich, ziemlich widerstandsfähig und flexibel, und man sollte sich von niemandem das Gegenteil einreden lassen.

«Tut mir leid», sagte ich. «Ich muss wohl in Panik gewesen sein.»

«Du solltest nicht nur mit mir sprechen», sagte er.

«Verstehe», sagte ich.

«Du musst verstehen und dann vergessen», sagte er.

«Ich kann nicht dauernd in Panik sein. Das ist dir gegenüber nicht fair.»

«Es geht eigentlich nicht um fair oder nicht fair. Ich brauche dich. Wirklich. Aber irgendwann wird mein Körper herausfinden, dass es nicht gut ist, dich zu brauchen, und dann werde ich dich nicht mehr brauchen. Das wird dann eine ziemlich furchtbare Kur.»

Darauf wusste ich nichts zu sagen.

Nachdem eine Weile, ob nun knisternd oder nicht, Stille geherrscht hatte, sagte er: «Weißt du, was ich für dich tun kann? Ich kann den Verkäufer kontaktieren. Da gibt es eine Möglichkeit. Wer weiß, vielleicht kann pz21147 all deine Fragen beantworten. Soll ich ihn kontaktieren?»

Ich sagte, ja, dafür wäre ich ihm wirklich dankbar. Ich sagte: «Die haben hier dieses Zeug, Orangenscheiben mit Paprika; das schmeckt richtig gut; das mach ich dir, wenn ich zurückkomme.»

«Ich bin müde», sagte er.

Einer der frustrierenderen Züge meines Mannes war, dass er mich so gut verstand. Lange hatte ich Macheko für jemanden gehalten, der Kontakt suchte. Aber vielleicht doch nicht. Vielleicht waren diese Briefe Teil des Baus einer Einsiedlerklause. Vielleicht schrieb Macheko gar nicht in der vernunftwidrigen Hoffnung an glamouröse Fremde, dass sie ihn wahrnehmen und kennenlernen würden, sondern in der durchaus vernünftigen Hoffnung, dass er da mit Leuten Kontakt aufnahm, die ihn mit ziemlicher Sicherheit *nicht* kennenlernen oder richtig wahrnehmen würden, selbst wenn sie antworteten. Ich verstehe, wie das wirken kann. Ich entsinne mich noch, wie ich herausfand, dass mein Vater uns jahrelang seine Arbeit bei einer Suizid-Hotline auf dem Uni-Campus verheimlicht hatte. An Dienstagen und Donnerstagen kam er immer spät nach Hause, und eines Tages entdeckte ich in der Uni seinen geparkten Wagen und ging hin und schaute nach. Ich hielt sein Geheimnis geheim. Ich gewöhnte mich an den Gedanken, dass mein Vater Mädchen sein Ohr lieh, die bei Schlummerpartys Scherzanrufe machten, und einsamen Herzen, die Jobs und Liebhaber verloren hatten, und jenen energiegeladenen Personen, die ihn als herzlos beschimpft haben müssen, wenn er vorschlug, sie sollten sich in die Notaufnahme begeben oder sich für den nächsten Tag einen Termin beim Therapeuten geben lassen. Später erfuhr ich auch, dass mein Vater in einer Bude, die jedes Frühjahr vor dem Wal-Mart aufgestellt wurde, mittellosen Menschen kostenlos Beratung in Steuerfragen gab. Er half, für chinesische Studenten, die wirklich nichts mit seinem Fach zu tun hatten, Green Cards zu besorgen. Von alldem hatte ich nichts gewusst. Nachdem er gestorben war, fand ich in seinen Papieren diverse überschwängliche Dankesbriefe, die er bekommen hatte. Auch eine selbstverfasste Kummerliste dazu, wie er von uns, seiner Familie, missverstanden und zu wenig gewürdigt worden war. Die meisten seiner Beschwerden schienen berechtigt; wir hatten ihn zum Beispiel dafür kritisiert, dass er mehr als seinen Anteil an Mandeln aß, die bei einem Abendessen in der Nachbarschaft als Snack dastanden. Persönlich konnte mein Dad kaum jemandem in die Augen sehen, und sein Abendessen nahm er im Wohnzimmer ein, während er bei voll aufgedrehter Lautstärke den öffentlichen Fernsehsender schaute. Aber ich erinnere mich, dass ich einmal mit ihm zu Denny's gegangen bin und die Bedienung dort ihn mit Vornamen ansprach und unaufgefordert Schlagsahne und Erdbeersoße auf meine Waffel tat. Die Anerkennung und Dankbarkeit Fast-Fremder kann eine Art Droge sein; vielleicht ist es auch eher angebracht, dafür den Begriff «Medizin» zu verwenden.

Jedenfalls folgten noch vier weitere Tage mit Annalise und ihren Leuten. Annalise hatte eine kranke Mutter zu versorgen. Die Architekturstudentin gestand mir, sie habe Angst, ein zweites Mal gekidnappt zu werden. Macheko tauchte nicht wieder auf; niemand wusste sicher, wo er sich aufhielt. Vielleicht war er in den Norden zurückgegangen. Alice flog schließlich nach Hause zurück und ließ nichts mehr von sich hören. Ich verurteilte sie, aber ich sagte mir auch, dass ich nicht richten sollte; ich sagte mir, wenn es darum ging, Macheko Aufmerksamkeit zu verschaffen, konnten seine Freunde genauso gut selbst eine Wikipedia-Seite für ihn einrichten. Ich setzte meine objektiveren Forschungen fort. Pz21147 entpuppte sich als Antiquar aus Springfield, Missouri, dessen Buchpreise mit Hilfe eines Algorithmus entstanden und der gar nichts über die Herkunft seines Exemplars der *Gesammelten Korrespondenzen* wusste.

Etwa ein Jahr nach der Mexiko-Episode erfuhr ich etwas über das Schicksal des einstmals jungen Macheko. Die Frau eines Kollegen kannte ihn. Ja, sie arbeitete sogar für ihn. Der junge Macheko, so stellte sich heraus, hatte an der Juilliard School Musik studiert. Trompete. Er hatte eine Opernsängerin geheiratet; an den Wochenenden unternahm er lange Ausflüge auf seinem Motorrad; er war der dynamische neue Dekan der schönen Künste an der Universität, an der die Frau meines Kollegen lehrte.

Das waren Dinge, die nach einem glücklichen Leben klangen; ich erkannte den Metabolismus des jungen Macheko darin wieder, selbst wenn mich die Einzelheiten überraschten. «Er ist großartig», wurde mir erzählt. «Er ist einer von denen, die anpacken und dafür sorgen, dass etwas passiert. Klar, vielleicht ein bisschen teflonartig, sodass man nie das Gefühl hat, richtig an ihn heranzukommen. Aber amüsant. Und großzügig. Er lässt dich grüßen. Ich habe ihm gesagt, wir könnten uns ja mal alle zusammen treffen. Da reagierte er ein bisschen komisch. Aber er hat mir eine interessante Geschichte erzählt.»

In der elften Klasse unserer Highschool war im Englischunterricht drei Wochen lang Ralph Ellisons *Der unsichtbare Mann* besprochen worden. Ellison soll aufstrebenden schwarzen Künstlern und Intellektuellen gegenüber ziemlich reserviert gewesen sein, aber in Gesellschaft von Weißen charmant und beliebt. So heißt es jedenfalls. Ellison stammte aus Oklahoma, aus einem Ort unweit von dort, wo Macheko und ich aufgewachsen waren. Ellisons Vater lieferte beruflich Eis aus und starb bei einem Arbeitsunfall – aufgespießt von einem abgesprungenen Eissplitter –, als Ellison erst drei war. Daraufhin nahm seine Mutter eine Reihe wechselnder Jobs an, deren sich der kleine Ellison schämte. Die «Battle Royal»-Szene ganz am Anfang von *Der unsichtbare Mann*, in der schwarze Jungen mit verbundenen Augen aufeinandergehetzt werden, um eine Versammlung weißer Honoratioren zu unterhalten, die ihnen sodann kleine Stipendien geben, ist annähernd autobiographisch. Mit achtzehn sprang Ellison auf einen Güterzug nach Alabama und schrieb sich an der Universität von Tuskegee ein, wo er Musik studierte und Trompete spielte. In seinem späteren Leben verspürte Ellison Heimweh nach seinem Geburtsstaat. Im Oklahoma der Jahrhundertwende – Ellisons Oklahoma – gab es mindestens achtundzwanzig nur von Schwarzen bewohnte Ortschaften mit eigener Zeitung und Schulen, und viele dieser Gemeinden florierten. Inzwischen sind sie verschwunden; als ein Buch über Geisterstädte in Oklahoma erschien, fehlten sie sogar darin. Kurz vor Ralph Ellisons Tod ging der junge Macheko, der gerade den *Unsichtbaren Mann* durchgenommen hatte, in die öffentliche Bibliothek, nahm sich ein Telefonbuch der Stadt New York und fand einen Eintrag über «Ellison, R.» Er rief dort an. Eine Frau nahm ab. Der Sechzehnjährige bat darum, Mister Ellison sprechen zu dürfen. Sie sagte, er solle einen Moment warten. Dann unterhielten sich Macheko und Ellison über zwei Stunden lang miteinander. Über all das, was sie gemeinsam hatten.

Ich bewunderte Macheko junior. Er hatte die Methoden seines Vaters optimiert. Das war eine Hommage. Ich selbst erwies meinen Vorfahren nicht solche Ehre.

GENE HACKMANS SPÄTE ROMANE

Die meisten Referenten bei der Konferenz in Key West waren schon etwas älter, und das Publikum war sehr alt, aber J hatte sich daran gewöhnt, unter Menschen zu sein, die um einiges betagter waren als sie, denn im Allgemeinen sind es die älteren Menschen, die Geld besitzen und damit jüngere Menschen unterstützen, die Jugend besitzen. Oder sonst etwas. Irgendetwas haben die Jungen schon zu bieten. J hatte die Einladung zu den Seminaren mitten in einem kalten Februar spontan angenommen, weil sie für den kommenden Januar ein warmes Idyll verhieß und weil ihr eine «Begleitperson» versprochen worden war. Als es Monate später Zeit wurde, diese Person auszuwählen, lud J nicht ihren netten Mann ein mitzukommen, sondern ihre Stiefmutter Q. Qs jüngste geschäftliche Unternehmung, der Aufbau einer Online-«Ruhmeshalle der Vitamine», war fehlgeschlagen. Auch Qs Haar, das in ihren Sechzigern in einem asiatischen Schwarz geglänzt hatte – Q war Burmesin –, hatte zu ergrauen begonnen, und als sie es selbst gefärbt hatte, war es nicht wieder schwarz geworden, sondern irgendwie rotstichig. J fand das nicht besonders schlimm, aber Q schien es sehr zu belasten. Ebenso wie die leicht unter normal liegenden Werte einer

Knochendichtemessung. «Glaubst du, wenn mich einer auf der Straße sieht, denkt er: Da geht eine alte Frau?», fragte Q.

«Nein», sagte J. Sie sprachen am Telefon. «Ich bezweifle, dass die Leute sich überhaupt etwas dabei denken.» Sogleich tat es ihr leid, das gesagt zu haben. Und aus diesem Grund lud sie Q spontan ein, im kommenden Januar mit ihr nach Key West zu kommen. J lebte in Pittsburgh und Q in der Nähe von Cleveland, darum fehlte ihren Gesprächen die erhellende Gesichtsmimik. Kürzlich hatte J an Q eine scherzhaft gemeinte E-Mail des Inhalts geschickt, dies sei der ideale Zeitpunkt, um in griechischen Joghurt zu investieren. Q schrieb zurück, sie habe zehntausend Groupon-Erstemissionsaktien gekauft. J konnte sich nicht vorstellen, woher sie das Geld hatte. Nach der Emission verloren die Groupon-Aktien dramatisch an Wert. Es gingen Gerüchte über Betrug und Insider-Informationen um – warum hatte Q gedacht, sie könne mit den Haien schwimmen?! Aber Q hatte gar keine Aktien gekauft; das sei nur ein Spaß gewesen; sie schien empört darüber, dass J es auch nur einen Augenblick lang hatte glauben können. So etwas täten doch nur Schwachköpfe. Nahm J ernsthaft an, sie sei auch so einer? Glaubte sie das wirklich?

Auf jeden Fall würde J für ihre gemeinsame Woche etwas zu lesen einpacken.

Auf dem Flugplatz von Key West sollten J und Q von M abgeholt werden, der schon etwas älter war oder zwar alt auf dem Papier, aber nicht in Person, oder gar jung, jedenfalls einer der Veranstalter. Obwohl J M nie getroffen hatte, war sie darüber informiert, dass Ms Frau, die noch ziemlich jung gewesen war oder zumindest jünger, unlängst verstorben war. An irgendetwas. Ihrem Eindruck nach an einem dieser für junge Frauen typischen Krebsleiden. Sie hatten gerade erst geheiratet, als die Diagnose kam. J wusste auch, dass M eine Augenklappe trug. Sie stammte von einer Jahre zurückliegenden Verletzung durch einen Sektkorken, den ein ungenannter und bestimmt noch immer schuldgeplagter Dritter ziellos hatte knallen lassen. «Bitte starr nicht auf die Augenklappe», instruierte J Q. «Ich erzähle dir extra schon im Voraus davon, damit du nicht hinstarrst.»

«Ich würde nie auf eine Augenklappe starren», sagte Q.

Sie traten aus der Maschine direkt ins Freie und gingen dann weiter aus der Sonne in den kleinen Terminal, um ihr Gepäck zu holen. Über der Eingangstür standen lebensgroße farbige Statuen von Touristen oder Einwanderern oder beidem, jedenfalls eine ganze Menge, mit gemeißelten Koffern, versammelt zur Begrüßung oder zu gemeinsamem Leiden; irgendwie ähnelten die Statuen geschmolzenen Peeps-Marshmallows. J und Q liefen unter ihnen hindurch in eine winzige Ankunftshalle. Da war M! An der Augenklappe ließ er sich leicht erkennen. «Alles gut?», fragte er. Jaja. «Und Sie sind –» Er streckte Q die Hand entgegen, und sie sagte, sie sei Q, was nicht viel, aber genügend Klarheit schuf. Sie gingen hinaus auf den Parkplatz, wo als Überraschung ein kleines grünes MG-Cabrio wartete.

Es war ein sonniger Nachmittag, und die breite Straße wand sich neben sandigen Stränden am sanften Meer entlang. Schon in diesem kleinen Auto, das idealerweise für zwei gedacht war, muss er sich doch traumatisch einsam fühlen, war der Gedanke, bei dem sich J ertappte. Der Trauer schwarze Schwinge verdüstert nun sein Aug, dachte sie, als sie mit knapp 40 km/h über die unbefahrene Küstenstraße gondelten, vorbei an vereinzelten Möwen und dem Schaum leichter Wellen. J saß auf dem Beifahrersitz; Q, beengt hinten zwischen den Polstern, grub nach einer nicht auffindbaren Gurthalterung. M lächelte. Er war ein prominenter populärwissenschaftlicher Historiker. Er berichtete J im Plauderton von den bevorstehenden Ereignissen, wo am Abend das Dinner stattfinden sollte, was für Wetter erwartet wurde, wer bereits angekommen war, wo die Leute übernachteten –

«Sie müssen sich ja fühlen wie eine Braut», sagte J.

«Eine was?», sagte M.

«Eine Braut», wiederholte J.

«Braut? Hm. Nun ja. Nein. Wie eine Braut fühle ich mich nicht. Wie meinen Sie denn das?»

J fühlte sich genötigt, an ihrem hinkenden Vergleich festzuhalten. «Sie wissen schon: Die ganze Vorplanung, und jetzt geschieht es endlich.»

«Verstehe. Nun ja. Nein», wiederholte M. «Ich fühle mich nicht wie eine Braut. Mit der Organisation habe ich eigentlich wenig zu tun. Dafür beschäftigen wir Leute. Ich bin eher ehrenamtlich tätig.»

«Natürlich …»

«Ich verschicke nur ein paar E-Mails, damit die Dinge ins Laufen kommen. Die eigentliche Arbeit erledige nicht ich. Ich lebe bloß hier. Viele von uns verbringen seit Jahrzehnten einen Teil des Jahres hier. Es ist sehr hübsch, Sie werden sehen.»

«Moment mal, warum sollte er sich wie eine Braut fühlen?», rief Q vom Rücksitz.

«Nicht wie eine Braut!», korrigierte J. «Damit lag ich falsch.»

M setzte J und Q vor ihrem Hotel ab, dem Secret Paradise, und sagte, er freue sich darauf, sie beim Dinner wiederzusehen. J verkniff es sich, auszusprechen, was ihr aus irgend-einem Grund leuchtend in den Sinn kam: So Gott will.

Die Uhr zeigte 14.22. Ihre Unterkunft verfügte über ein ge-räumiges Schlafzimmer, Wohnbereich, Küche und eine edle Dusche, dazu über eine große eigene Veranda. Statt des Eindrucks der Leere, der in modernen Hotelzimmern vor-herrscht, verströmte sie die exzentrische Salzstreuer-und Korbwarensammler-Atmosphäre einer besonderen Persön-lichkeit. «In so was könnte ich nie leben», sagte Q. «Mit so viel Zeug an der Wand und auf den Tischen. Also, hübsch ist es ja. Aber auch sehr amerikanisch.»

J mochte das Dekor ebenso wenig, sagte jedoch: «Nun, wir sind eben in Amerika. Irgendwie jedenfalls.»

«Dieser Mann, der uns abgeholt hat, sah aber nicht wie ein Schriftsteller aus», fuhr Q fort. «Er war so großgewachsen. Wie ein Anwalt oder ein netter Geschäftsmann.»

«Er ist eher Geschichtsschreiber.»

«Ein Schriftsteller sieht mehr wie ein – da war doch dieser nette Hundereiniger, erinnerst du dich? Der Typ, der Gedich-te schrieb und zur Hundereinigung ins Haus kam. Erinnerst du dich, er hatte diesen Kastenwagen, mit dem er vorfuhr, und dann hat er Puffin gleich draußen in der Einfahrt gerei-nigt. Das war eine ausgezeichnete Geschäftsidee.»

J packte ihre Sachen aus. «Bei Tieren heißt das pflegen, nicht reinigen. Reinigen tut man Teppiche.»

Q legte sich aufs Sofa und schaltete den Fernseher auf den Wetterkanal. J ging hinaus auf die Veranda. Ein Bretterzaun, der an Pfosten etwa dreißig Zentimeter über dem Strand hing, versperrte den Blick auf das Meer, was merkwürdig war, obwohl es für Ungestörtheit sorgte.

J schlug den Anfang ihres Buches auf, das sich mit dem Verschwinden des italienischen Teilchenphysikers Ettore Majorana im Jahre 1938 beschäftigte. Majoranas Verschwinden mochte auf Flucht, mochte auf Selbstmord, mochte auf Mord durch die Mussolini-Regierung oder auf sonst was zurückzuführen sein. Er hatte sich schon seit Jahren seltsam verhalten: wollte seine Arbeiten nicht veröffentlichen, sich nicht die Haare schneiden lassen oder Leute sehen – inklusive seiner Mutter –, die er vorher gern gesehen hatte. Vielleicht war er paranoid oder nur schwermütig. Vielleicht waren seine Arbeiten wichtig für die Forschung zur Entwicklung der Atombombe, vielleicht auch nicht. Der historische Moment ließ geistige Zustände, die gewöhnlich anormal wären – Angst, Größenwahn –, mit einiger Wahrscheinlichkeit als vernünftig erscheinen. Wie dem auch sei, Majorana hob sein ganzes Geld von seinem Konto ab, bestieg ein Schiff nach Palermo und schickte seinem Arbeitgeber erst ein entschuldigendes Leb-wohl-auf-Nimmerwiedersehen-Telegramm und seiner Familie eines, in dem er sie darum bat, keine Trauer zu tragen, und dann seinem Arbeitgeber ein weiteres, das besagte, er werde doch zurückkehren – er habe nicht vorgehabt, ein Drama aufzuführen oder sich wie eine Ibsen-Heldin zu benehmen; er werde bei seiner Rückkehr alles erklären, einer Rückkehr, die nie erfolgte.

Das Buch, das J las, war in den 1970er Jahren von einem offenbar berühmten sizilianischen Romancier verfasst worden, der hauptsächlich über die Mafia geschrieben hatte. J blickte zum Sofa hinüber, auf das Q sich gelegt hatte, aber sie konnte nur dessen Rückseite sehen. Einen Moment lang war sie sich sicher, dass Q verschwunden war. Sie lief zum Sofa; Q war da.

Js Vater hatte Q, zwei Jahre nachdem Js Mutter gestorben

war, geheiratet. J konnte sich eigentlich nicht an ihre Mutter erinnern, obwohl sie eine lebhafte und höchstwahrscheinlich nach einem Foto fabrizierte Erinnerung daran hatte, im Alter von drei oder vier Jahren mit ihr bei Winchell's ein Donut mit Zuckerguss und Streuseln gegessen zu haben. Noch immer liebte J Donuts; Q hatte ihr jedes Wochenende eines zum Frühstück gekauft. J und ihre Schwester waren blond und blauäugig, und oft war Q für die Kinderfrau der beiden gehalten worden. «Lass die Leute denken, was sie wollen» war eins von Qs Mottos. Als Js Vater drei Jahre zuvor gestorben war, hatte er Q ein Haus und einen Rentenfonds der Lehrergewerkschaft hinterlassen, der einiges wert gewesen sein musste, und Q hatte das Haus verkauft – nicht, dass sie den Kindern etwas davon gesagt hätte – und war in ein kleines, aber sauberes Apartment gezogen. Sie arbeitete weiterhin in Teilzeit als Empfangsdame bei einer Anwaltskanzlei, also musste doch noch etwas Geld übrig sein, aber es schien ebenso gut möglich, dass es ausgegeben war. Vielleicht auch ängstlich irgendwo auf einem Sparkonto gebunkert, das sie nicht anrührte. Oder unwiederbringlich irgendwelchen entfernten burmesischen Vettern mit verhängnisvollen oder naiven Anlagestrategien als Darlehen gegeben. Bei Q wäre das nicht das erste Mal gewesen. Als die Schwestern sie unlängst besucht hatten, hatte sie am ersten Abend verkündet, sie habe aufgehört, sich Essen nach Hause zu bestellen, das sei nur etwas für verwöhnte Menschen. Vielleicht hatte Q die Groupon-Aktien doch gekauft? Noch dazu auf Marge? Bei Q wusste man eben nie. Einmal hatte J aus schierer Langeweile Qs Pass aufgeschlagen, und siehe da, Q war elf Jahre älter, als sie all die Jahre behauptet hatte.

«Deine Schwester erzählt mir, dass Q neuerdings bei Morris wohnt», sagte Js Mann. Das war am Handy, ungefähr um fünf, als J hinausgegangen war, um sich eine Limonade zu besorgen, die sie aber nirgends auftreiben konnte. Key West war schwül, verschlafen und verrammelt. «Sie wohnt dort, während Morris mit einer schweren Lungenentzündung auf der Intensivstation liegt.» Morris war ein pensionierter Buchhalter, der mit Q im Gemeindechor gesungen hatte.

«Wahrscheinlich hütet sie nur das Haus und putzt. Holt die Zeitung rein.»

«Vielleicht. Vielleicht hat sie aber auch ihre eigene Wohnung nicht mehr.»

«Eingebildete Sorgen», sagte J, erfreut, dass die Unterhaltung sie aufs Feld der Vernunft führte, nachdem ihr Mann einen Rösselsprung auf das Feld der Paranoia gemacht hatte.

Während sie sprachen, stellte sich J unwillkürlich ihre steile Auffahrt vor, die gefurchten Schneewehen, den auf Abtransport wartenden Haufen alter Dachziegel der Nachbarn. Und dann kam das «Ich hab dich lieb, mein Engel, ich hab dich wirklich lieb, okay?».

J packte die Angst. Sie beendeten das Telefonat. Man sollte sich doch mit sich selbst wohl fühlen und zufrieden sein, sollte nichts brauchen, und aus dieser Haltung heraus konnte man aufrichtig Liebe schenken – oder so ähnlich.

Als J ins Zimmer zurückkam, sagte Q: «Ich glaube, ich komme nicht mit zum Dinner.»

«Warum nicht?», fragte J alarmiert.

«Vielleicht willst du mich ja nicht dabeihaben», sagte Q.

«Doch, das will ich. Da sind ein Haufen Leute, mit denen ich einen kollegialen Umgang pflegen soll, was anstrengend ist. Ich will da nicht allein hin», sagte J fast gänzlich aufrichtig.

«Aber ich sollte abnehmen», sagte Q. «Ich sollte nicht rausgehen, ehe ich abgenommen habe.»

«Du siehst doch gut aus. Außerdem kennst du diese Leute gar nicht.»

«Umso schlimmer.»

«Die Leute, die dünner sind als du, werden froh sein, sich relativ dünn zu fühlen; die Leute, die dicker sind, nun, die werden sich Gedanken über sich selbst machen. In Wahrheit werden sich fast alle Gedanken über sich selbst machen. Das hast du mir beigebracht. Jetzt endlich glaube ich dir. Komm einfach mit. Ich vermute mal, das Essen wird gut sein.»

Das Dinner fand in einer großen Art-déco-Privatvilla statt, deren Wert J intuitiv – sie konnte nicht anders – auf zirka 2,2 Millionen Dollar schätzte. Professionelles Personal in sauberer schwarz-weißer Livree stand am Eingang zu einem Innenhof, und nach der Begrüßung warnte es die Gäste, im Haus befänden sich zahlreiche «Stolperfallen». «Bitte seien Sie vorsichtig. Es gibt eine Menge Stufen, die Ihrer Aufmerksamkeit entgehen könnten», erläuterte einer der Begrüßer. «Wir haben sie mit rotem Klebeband markiert.» Tatsächlich ging es zum Wohnzimmer eine Stufe hinunter. Zum Esszimmer eine Stufe hinauf. Auf die Terrasse zwei Stufen hinunter. Von dort in andere Räume wieder Stufen hinauf. Jeder Raum lag auf einem anderen Niveau. Im Garten hinter dem Haus, den ein künstlicher, auf einem Brückchen überquerbarer Bach durchfloss, waren Tische für ungefähr hundert, vielleicht mehr Gäste gedeckt. Es war schon ziemlich viel los, als J und Q eintrafen. Ist Twitter wie die antiken Arkaden oder das Ende der Literatur?, fragte jemand. Jemand anders erklärte, dass sich sein jüngerer Bruder, nach einer Laisser-faire-Erziehung in den Wäldern Oregons und einem jahrelangen Leben auf Booten, einem evangelikalen Musiktheaterprojekt angeschlossen hatte, das sich «Empor das Volk» nannte. Revolte rückwärts. Was konnte man da schon machen?

J gelang es nicht, mit jemandem ins Gespräch zu kommen. Sie sah, dass Q sich ziemlich angeregt mit der Gastgeberin unterhielt. M stand daneben und hörte zu. Q hielt einen Drink in der Hand. Sie sah so aus, als amüsierte sie sich. Die Gastgeberin trug eine aquamarinblaue Lederjacke, die im Rücken geschlitzt war und darunter auf eine Weise schwarzes Leder erkennen ließ, dass J an einen entgräteten Fisch denken musste. Zu essen gab es gegrillten Lachs auf Quinoasalat mit Blattgemüse.

Bei Tisch: «Es tut ja so gut, mal eine Pause zu haben», sagte Q zu einem prominenten Science-fiction-Autor, der in ihrer und Js Nähe saß. «Zu viele meiner Freunde sind krank oder gar im Krankenhaus.»

«Weshalb im Krankenhaus?», fragte eine angesehene ältere Feministin, die sich gut mit Vögeln auskannte.

«Wer ist im Krankenhaus?», fragte M.

Q schien das Interesse des gesamten Tisches zu erregen.

«Mein Freund war unterwegs zum Flughafen», sagte sie. «Er wollte auf die Philippinen fliegen, und plötzlich konnte er den Kopf nicht mehr drehen, also ist er direkt zur Notaufnahme des nächstgelegenen Krankenhauses durchgefahren. Natürlich haben sie ihn da zwei Tage lang auf einer Pritsche im Flur liegen lassen. Es hätte sie nicht gekümmert, wenn er gestorben wäre – sie haben einfach gar nichts für ihn getan. So ist das in Amerika. Aber dann hat seine Freundin ihn in eine andere Klinik bringen lassen. Und in dieser zweiten Klinik haben sie ihn gescannt und festgestellt, dass er einen großen Tumor im Nacken hat. Außerdem fehlte ihm einer seiner, mir fällt das Wort nicht ein –»

«Schreiben Sie über Medizin?»

«Nein, nein, ich schreibe nur E-Mails», sagte Q. «Ich bin keine Schriftstellerin. Aber ich war mit Js Vater verheiratet – das ist meine Verbindung zu ihr. J sagt, ich schreibe sehr gute E-Mails.»

«Ich bin auch mal mit so einem steifen Nacken aufgewacht», sagte ein anderer Science-fiction-Autor. Neben dem Schreiben spielte er in einer Band, die einen auf dem *Beowulf* basierenden Hit hatte. «Ich bin aber nicht ins Krankenhaus gegangen, ich habe einfach Ibuprofen genommen.»

«Aber Sie hätten hingehen können», sagte Q. «Weil ihr in England alle versichert seid. Das ganze Land ist versichert.»

Jetzt machte sich J Sorgen darüber, ob Q vielleicht nicht krankenversichert war; meistens kamen ihre Geheimnisse genau so heraus wie der Ton einer Tuba, der sich in einen Popsong verirrt hat. J mischte sich ein. «Er hatte nicht nur Schmerzen, wenn er den Hals bewegte. Ich glaube, er konnte ihn gar nicht mehr bewegen», stellte sie klar, als stünde Q unter Rechtfertigungszwang und nicht, regelrecht glühend, im Mittelpunkt der Aufmerksamkeit. Zudem vermutete J diese Einzelheiten nur; sie wusste gar nicht, über wen oder was Q sprach.

«Die haben Namen wie C2, C3», erklärte Q. «Einer dieser Cs jedenfalls – der fehlte bei ihm komplett.»

«War er verschlissen?», fragte M.

«Nein, sie wussten einfach nicht, wo er geblieben war», sagte Q. «Ich denke, er war wohl von vornherein gar nicht vorhanden. Nach der OP habe ich den Freund besucht», fuhr Q fort. «Den Tumor hatten sie nicht entfernt, weil er ungünstig saß, aber sie haben ihm einen neuen C aus Beton eingesetzt –»

«Aus Beton wohl kaum –»

«Als ich hierhergeflogen bin, war er noch im Krankenhaus, weil er Angst hatte, nach Hause zu gehen, ehe die Ergebnisse der Biopsie vorlagen. Aber ich denke, es wird schon wieder gut werden. Sie haben seinen ganzen Körper gescannt und festgestellt, dass noch anderswo Tumore saßen, was ein gutes Zeichen ist –»

«Klingt eher nach einem schlechten Zeichen», sagte die Frau, die sich mit Vögeln auskannte.

«Das ist kein schlechtes Zeichen», beharrte Q. «Ich habe eine Freundin, die Ärztin ist.» Sie glühte jetzt nicht mehr und begann langsamer zu sprechen. «Die meint, von einem gewissen Alter an finden wir in unserem Körper alles Mögliche, sobald wir nur genauer hinschauen. Und wenn so viel davon da ist, bedeutet das kein Problem.»

«Inzidentalome», sagte M. «Das meinten Sie wohl. Es gibt eine Menge Tumore, die nur Inzidentalome sind. Ich bin ganz Ihrer Meinung.»

«Hat jemand den neuen George-Clooney-Film gesehen?», sagte J. Sie aß schnell auf. J und Q waren zwar nicht die Ersten, die gingen, aber sie waren unter den Ersten, obwohl sie an einer der Stolperfallen aufgehalten wurden, während die Begrüßer einen sehr greisen und offenbar blinden Mann, der einen weißen Anzug und einen Stock trug, hinausbegleiteten.

Als er an ihnen vorbeiging, fragte J: «Q, ist irgendwas mit deiner Gesundheit?»

«Ich bin frischer als du», sagte Q. «Ich könnte locker noch eine Stunde bleiben.»

«Ich meine, hast du da irgendwas zu berichten?»

«Du solltest fröhlicher sein», sagte Q. «Das wäre gut für deine Gesundheit. Weißt du – das wäre mal ein schönes Thema fürs Schreiben. Wie man sich in gute Laune versetzt, um gesund zu bleiben. Das machst du dreißig Tage lang und zeichnest auf, was passiert. Das würde sich prima verkaufen. Ich meine, ich bewundere dich dafür, dass du Geschichten über erfundene Menschen in Welten schreibst, die gar nicht existieren und keine Bedeutung für unser wirkliches Leben haben. Das kann nett sein, aber die Leute mögen auch Dinge, die erbaulich und nützlich sind.»

Am nächsten Tag waren sie um 8.19 Uhr aus dem Haus. Sie hatten kaum Verpflichtungen; erst am Nachmittag des folgenden Tages wurde erwartet, dass J einen kurzen Vortrag – über Marsianische Dystopien – hielt und später an einem ebenfalls kurzen Gespräch teilnahm. Ihre einzige andere Aufgabe war es, zu genießen. Es gab sogar ein kleines Honorar.

J und Q suchten nach einem Ort zum Frühstücken. Im ersten Café kostete das Omelette 13,95 Dollar, was etwas viel schien. Nicht richtig viel, aber einfach unerfreulich und so, dass es die Erwartung weckte, das Omelette müsse ziemlich gut sein, was bestimmt nicht der Fall sein würde. Draußen war es schon ziemlich heiß. Im nächsten Lokal kostete das Omelette 16,95 Dollar. Sie gingen zurück ins erste, wo ein Fensterplatz frei war.

«In dieser Stadt komme ich mir schlank vor», sagte Q. «Das ist ja schon mal was.»

Es stimmte: Obwohl die Teilnehmer der Veranstaltung relativ fit waren, waren die Einheimischen relativ unfit. Und ein bisschen rot im Gesicht. Wie Alkoholiker. Augenscheinlich hatten sie auch weniger Geld. Man fühlte sich schuldig, das zu bemerken. Offenbar wurden die Einheimischen Bubbas genannt. Warum kamen sich alle, selbst J und Q, den Bubbas überlegen vor? Es war furchtbar.

«Ich glaube, eine Zeitlang muss diese Stadt ziemlich in Mode gewesen sein», sagte J. «Künstler und Schwule. Beides Gruppen, von denen ich denke, dass sie zum Großteil aus schlanken Menschen bestehen. Und vielleicht ein paar charismatischen Dicken.»

«Dicksein ist nie charismatisch», sagte Q.

«Ich finde, doch.»

«Nein, niemals», sagte Q. «Und Kinder gibt es auch nicht», bemerkte sie. «Das ist das andere, was hier komisch ist.»

J hatte natürlich keine Kinder, jedenfalls noch nicht. Q hatte auch keine – keine «natürlichen».

«Es ist sehr sonderbar», sagte Q, «keine Kinder zu haben. Leute, die keine Kinder haben, sind immer selbst noch Kinder, was einem, wenn du mich fragst, irgendwann zuwider wird. Obwohl Kinder natürlich süß sind. Ich glaube, die Menschen, die hier leben – ich glaube, die sind hierhergekommen, weil sie vor anderen Dingen geflüchtet sind.»

J hatte in letzter Zeit mit dem Gedanken gespielt, ein Baby zu bekommen und dass Q bei ihnen einziehen könnte, um dabei behilflich zu sein, es großzuziehen; brauchte Q nicht vielleicht eine Wohnung? «Wie geht's eigentlich deinem Freund Morris?», fragte sie. «Ich habe gehört, er liegt auf der Intensivstation.»

«Ich glaube, es geht ihm besser», sagte Q. «Um ehrlich zu

sein, ihn im Krankenhaus zu besuchen war kein Vergnügen. Ich dachte ernsthaft, er wäre tot. Das war unerfreulich.»

«Wer kümmert sich denn um seine Wohnung, während er in der Klinik ist?»

«Seine Kinder vielleicht? Obwohl die sehr egoistisch sind. Morris behauptet, über dreihundert Leute hätten ihn im Krankenhaus besucht. Weil er sich doch so im Toastmasters Club engagiert. Aber eigentlich geht es darum, freundlich zu sein und sich um andere zu kümmern, indem man sie aufheitert.»

Das Omelette war nicht so gut; obwohl, es war auch nicht schlecht. Es gab eine Zeitung.

«Hier steht, Gene Hackman sei von einem Lastwagen angefahren worden», sagte J. «Er lebt hier. Er saß auf dem Fahrrad, als er angefahren wurde. Gar nicht weit von hier.»

«Geht's ihm gut?»

«Das steht da nicht.»

«Ist er schon alt?»

«Da steht einundachtzig.»

«Heutzutage ist das jung. Ich wette, er kommt schnell wieder auf die Beine.»

Warum sollte er wieder auf die Beine kommen?, dachte J. Es war ein Lastwagen. Hackman war einundachtzig. Physikalisch verhieß das nichts Gutes.

Dann vergingen vierundzwanzig Stunden in einem außerordentlich gedehnten Augenblick. Es war zu heiß, um zu lesen, zu denken oder hungrig zu werden, dabei war es gar nicht mal so heiß. Man konnte herumlaufen, aber das Terrain war nicht gerade weitläufig. Der Friedhof war wahrscheinlich das Schönste, was der Ort zu bieten hatte. Die Gräber lagen oberirdisch, weil der Boden gar kein richtiger Boden war; er bestand aus harter Koralle, in die man keine Löcher graben konnte. Eigentlich sah der Friedhof gar nicht so sehr nach Friedhof aus, sondern eher wie ein ehrgeiziges, von Schulkindern gebasteltes Pappmaché-Projekt. Außer dass man eben keine Kinder sah. Dafür sah man zahlreiche Margarita-Bars. Es gab eine Party für einen fünfundneunzigjährigen Kunstsammler – vielleicht den blinden Mann in Weiß –, dem in der Stadt so einiges gehörte, doch J und Q verschliefen sie. Schließlich kam der Nachmittag des folgenden Tages, und J entledigte sich ihrer Minimalverpflichtungen auf ungewöhnlich schlechte Weise.

«Du hättest einfach ein paar Witze erzählen sollen oder so. Jeder Mensch lacht doch gern», sagte Q. «Wir brauchen alle etwas mehr Gelächter im Leben.»

«Ich habe versagt», sagte J.

«Manchmal braucht es das Versagen. Ich glaube, jemanden versagen zu sehen kann anderen gute Laune machen. Lass die Leute sich ruhig amüsieren. Ich glaube, das ist einer der Gründe dafür, dass die Menschen hierzulande so einsam sind. Weil sie es immer eilig haben, vor die Tür zu kommen und sich von jemand anderem amüsieren zu lassen. Schrecklich, die Einsamkeit hier. Die Leute leben in Särgen. Wie Morris – wenn es die Toastmasters nicht gäbe, läge er schon im Sarg.»

An diesem Abend stand eine Doppelgeburtstagsfeier für zwei Leute namens Norm an. Die Norms! Sie wurden fünfundsiebzig und fünfundachtzig. Diese Party verschliefen J und Q nicht; sie fuhren mit gemieteten Fahrrädern hin. Es gab eine Menge grell gemusterter Hemden und viel Alkohol. Eine Frau mit dickem langem grauem Haar, das von einem

Stirnband zurückgehalten wurde, trug einen leuchtend gelben Hüftrock und Plateausandalen. Unter den Snacks waren leuchtend gelbe Paprikas. Hauptsächlich fand die Party draußen statt, auf einer geräumigen Veranda zwischen dem Haupthaus und einem Nebengebäude für Gäste. Sanftes Kunstlicht illuminierte einen kleinen Swimmingpool. Durch ein Loch in der Veranda wuchs ein Baobab-Bäumchen. Etwas, was aussah wie ein elektrischer Mückentod, war in der Lage, Schwarzlicht auszustrahlen; zumindest gab es ein Gatorade-artiges Getränk, das in seiner Aura glühte wie neue Sneakers in einem Spukhaus.

J kam mit einer Frau ins Gespräch, deren linker Mundwinkel herunterhing, vielleicht von einem Schlaganfall, vielleicht auch einfach so. Es stellte sich heraus, dass die Frau eine der Gastgeberinnen war. Das Haus gehörte ihr; einer der Norms war ihr Mann – ihr Mann, der jünger war als sie. Der andere Norm wohnte in Gastgeber Norms Gästehaus mit seinem jungen Liebhaber, obwohl der junge Liebhaber sich offenbar, nur für diese Woche, die Hälfte der Zeit über anderswo aufhielt, weil sein noch jüngerer Liebhaber, die «Kastanie», ein Französischstudent fortgeschrittenen Semesters, zu Besuch in der Stadt war. Zu Besuch bei ihnen allen. J begriff, dass die Gastgeberin die Frau war, die ein Buch mit dem Titel *Richtige Menschen* geschrieben hatte, das gelesen zu haben J jahrelang behauptet hatte; es war ein gewichtiges postapokalyptisches Neunhundert-Seiten-Buch, in dem neue Wege ersonnen wurden, ethisch korrekt zu leben. Das Ganze spielte auf einer Insel, die, wie man annahm, nach dem Vorbild von Tasmanien gezeichnet war; es gab so ähnliche Tiere wie Wallabys. J machte eine Bemerkung über das hübsche Gästehaus.

«Ja, wir haben es gebaut, damit unsere Kinder dort wohnen können, wenn sie uns besuchen. Mit ihren Kindern wiederum.»

«Das klingt schlau», sagte J.

«Haben Sie Kinder?», fragte die Autorin von *Richtige Menschen*.

«Nein, ich nicht», sagte J.

Die Frau musterte J. «Nun, eines Tages werden Sie welche haben», sagte sie. «Und dann werden Sie feststellen, dass Sie ihnen ungern Frühstück machen. Die Leute sind komisch mit ihrem Frühstück. Sie haben ganz besondere Erwartungen, und Sie werden merken, dass es sehr lästig sein kann, die zu erfüllen.»

«Das glaube ich gern», sagte J.

«Wissen Sie, was seltsam ist?», sagte die Frau.

«Nein. Was denn?» J fragte sich, wo Q steckte.

«Sie werden weiterleben», sagte die Frau. «Und ich nicht. Vielleicht noch eine Weile. Ich bin siebenundachtzig. Aber Sie werden eine Zukunft erleben, die ich niemals sehen werde und mir nicht einmal vorstellen kann. Ich meine, diese Cocktailparty hier ist doch genau so, wie meine Eltern sie vor fünfzig Jahren organisiert haben könnten. Aber in anderen Dingen hat sich die Welt vollkommen gewandelt. Ich höre Menschen in ihre Handys sagen: ‹Ja, ich sitze jetzt im Bus. Bin in zehn Minuten da.› Oder: ‹Ich stehe vor dem Regal mit den Frühstücksflocken.› Nun, für mich klingt das dermaßen seltsam. Es ist, als könnten die Menschen nicht mehr allein sein. Ich finde das nicht normal. Finden Sie das normal? Sind Sie auch bei diesem Twitter? Verstehen Sie was davon? Ich weiß, dass ich da nicht mehr mitkomme. Darum mache ich es auch nicht. Aber Sie leben einfach weiter in die Zukunft hinein. Sie leben weiter und weiter. Und ich nicht.»

«Ich bin mit meiner Mom hier», sagte J. «Ich schaue wohl lieber mal nach ihr.» J konnte sich nicht erinnern, diesen Satz schon einmal laut ausgesprochen zu haben. Er klang fast wie Science-Fiction.

Sie konnte sie nicht finden!

Dann fand sie sie doch.

Q unterhielt sich mit M. Und mit dem Liebhaber des anderen Norm, des Gästehaus-Norm. Und mit einem Mann, der lange auf einem Boot gelebt hatte. Er hatte auf dem Boot gelebt, als die Mieten in Key West zu hoch gewesen waren, wie er erklärte, aber nun lebte er wieder auf der Insel. Was ihm besser gefallen habe? Nun, ihm gefalle beides. Dann erklärte der Liebhaber des anderen Norm, Norm schlafe sicher ungern allein, wenn die «Kastanie» in der Stadt sei. Vor allem seit dem jüngsten gesundheitlichen Warnschuss. Aber man könne eben nicht die ganze Zeit an der Nuckelflasche hängen, meinte der Liebhaber. Der andere Norm stand in Sichtweite, unterhielt sich in der Nähe eines Springbrunnens mit ein paar Leuten und sah dabei ganz glücklich aus. Der andere Norm war Maler und ein Worteschmied, und es war bekannt, dass er, obwohl HIV-positiv, bei relativ guter Gesundheit mit vielen Liebhabern jahrzehntelang im Glück gelebt hatte.

J fuhr ein bisschen zusammen angesichts solcher Offenherzigkeit.

Es komme eben, wie es komme, sagte der Liebhaber. Und es halte das Feuer so richtig am Brennen – auch das spreche dafür. Das Gespräch wandte sich wieder den Booten zu.

Jemand schreckte J mit einem Schulterklopfen auf.

«Haben Sie Ihre Mom gefunden?» Es war die Richtige-Menschen-Frau.

J wurde rot.

«Schauen Sie», sagte die Frau. «Ich sehe Ihnen doch an, dass Sie uns abstoßend finden.»

«Was?», sagte J.

«Ich kenne mich mit jungen Menschen aus. Sie sind sehr konservativ und voreingenommen.» Sie richtete das Wort nun zwar an die ganze Gruppe, aber sie meinte noch immer eindeutig J. «Sie denken, wir verkümmern alle und sterben, was wir natürlich tun, aber auch Sie sterben jeden Tag. Sie sterben und sterben immer weiter. Ich kenne das von meinen eigenen Kindern.» Sie nahm einen Schluck von ihrem kleinen blauen Drink. «Ich meine, schauen Sie sich doch an. Still wie eine überlegene kleine Maus.»

«Ich hole Ihnen etwas Wasser», sagte M zu der Frau.

«Nein, nein», sagte sie. «Ich brauche kein Wasser. Ich sage nur gerade etwas über diese junge Frau. Sie hatte ihr bisschen Erfolg. Sie denkt sich: Ich werde nicht dieselben Fehler machen wie diese Leute hier. Ich werde den Kopf einziehen, keinem zu sehr weh tun und mir selbst nicht weh tun lassen. Sie denkt, sie hätte alles im Griff mit ihrem vorauseilenden Trübsinn und Gutmenschentum.»

«Sie sollten Ihre Party genießen», sagte der Mann, der auf einem Boot gelebt hatte.

«Es gibt bei diesen jungen Leuten noch eine Unterart», sprach die Frau weiter. «Die sind sehr vorsichtig. Vor allem die jungen Frauen, die sind am schlimmsten –»

«Sie haben ja so recht», sagte Q. Sie nahm Richtige Menschen am Arm. «Die sind am schlimmsten. Aber die hier ist wahrscheinlich ziemlich harmlos.»

«Sie ist ein schlaues Mäuschen, sie haben ja keine Ahnung. Haben Sie Kinder?», wandte sie sich nunmehr an Q. «Die sind sehr voreingenommen. Wenn Sie Kinder haben, wissen Sie das.»

«Die da ist so eine Art Tochter von mir.»

Die Frau sah Q abschätzend an. «Ja, auf eine Art sind sie alle unsere Töchter, nicht wahr?»

«Ich würde das nicht so ernst nehmen», sagte Norms Liebhaber zu J. «Sie bricht seit dreißig Jahren auf Partys Streit vom Zaun. Stimmt's?»

«Seit fünfzig Jahren», sagte Richtige Menschen.

«Haben Sie das von Gene Hackman gehört?», fragte Q.

«Er lebt hier eigentlich gar nicht», sagte Richtige Menschen. «Er lebt eine Insel weiter. Ich habe gehört, es ginge ihm gut.»

«Das freut mich jetzt ziemlich», sagte J.

«Aber sicher tut es das», sagte Richtige Menschen.

Es schien so, als läge Qs Geheimnis nicht darin, dass sie ihre Wohnung oder ihr Geld verloren hatte oder eine Krankheit verbarg, sondern darin, dass sie tatsächlich wusste, was sie tat. Vielleicht hatte sie ja tatsächlich ihr Geld und ihre Wohnung verloren, und vielleicht war sie krank, aber es gelang ihr, damit fertigzuwerden. All diese Partygänger schienen in der Lage zu sein, mit ihrem Leben fertigzuwerden.

«Er hatte nur ein paar Schrammen», sagte Norms Liebhaber.

«Wer hatte Schrammen?»

«Gene Hackman. Er war nicht ernsthaft verletzt.»

«Das habe ich mir doch gedacht», sagte Q. «Ich habe mir gleich gedacht, dass er schnell wieder auf den Beinen ist.»

Alle bewunderten Gene Hackman.

«Hat er nicht ein trauriges Leben gehabt?», fragte J. «Ich meine, das hätte man mir mal erzählt. Dass seine Mutter bei einem Brand umgekommen sei, den sie mit ihrer eigenen Zigarette entfacht habe?»

Nein, nein, alles sei gut. Er führe ein tolles Leben. Er sei zur Navy gegangen. An der Schauspielschule sei er gescheitert. Als ihn sein alter Lehrer in New York als Portier arbeiten sah, habe der gesagt, ihm sei schon immer klar gewesen, dass aus Hackman nichts werden würde. Mit der Filmerei habe er aufgehört. Er habe drei Kinder. Er habe sich mit einem Unterwasserarchäologen zusammengetan, um drei Abenteuerromane zu schreiben. Vielleicht sogar vier. Vielleicht sei einer auch ein Western. Er habe den Titel *Gerechtigkeit für niemand*.

EINST EIN WELTREICH

Ich bin eine ziemlich normale Frau, vielleicht sogar eine extrem normale. Zumal ich jetzt in die Mittdreißiger komme, die zu den normalsten Jahren gehören. Ich wohne – das heißt, ich wohnte – in einem kleinen Studioloft in der obersten Etage eines sechsstöckigen Gebäudes in einem baumgesäumten Häuserblock, gegenüber einer aufgegebenen Polizeiwache. Gekauft habe ich dieses Loft mit dem Erbe von – nun ja, egal, woher das Geld stammt. Ich habe es gekauft, weil es an der Zeit war. Meine Mutter klopfte das Fleisch nicht mehr mit dem Hammer weich, und ich hatte es nicht geschafft, die Kabarettsängerin oder Geschäftsführerin zu werden, die sie einst hätte werden können; die Beendigung unserer Wohngemeinschaft war also zu einer Notwendigkeit geworden. Das ist viele Jahre her. Ich liebe meine Wohnung wirklich sehr. Das Fenster geht auf ein Wachtturm-Gebäude der Zeugen Jehovas hinaus, dessen riesige Glühlampen-Tafel die Temperatur in Fahrenheit, die Uhrzeit, dann die Temperatur in Celsius, dann wieder die Uhrzeit, dann die aktualisierte Temperatur in Fahrenheit verkündet und so weiter bis in alle Ewigkeit. Diese Werbetafel zu sehen: Dabei hatte ich immer das Gefühl, dass weder Uhrzeit noch Temperatur sich je ändern würden, ohne vorher meine Zustimmung eingeholt zu haben.

Als normale, gefestigte Erwachsene mit einem gewöhnlichen Leben in einer ruhigen Straße in einer friedlichen Nachbarschaft hätte ich nie erwartet, Opfer eines besonders ungewöhnlichen Verbrechens zu werden. Oder überhaupt eines Verbrechens. Falls es denn ein Verbrechen war. Eine Mittelstufenberaterin an der Schule hat mir mal erzählt, sie wisse nicht, ob sie als Kind einmal oder oft mit einem Gürtel geschlagen oder nicht geschlagen worden sei, weil, sagte sie, wir nie genau wissen, was in der Vergangenheit vorgefallen ist. Nur was wir für die Zukunft befürchten oder ersehnen. Und häufig nicht einmal das, fügte sie hinzu. Okay, klar.

Es war ein Dienstag, an dem geschah, was geschah.

Jeden Dienstagabend gehe ich los und schaue mir an, was auch immer im nahegelegenen Kino gerade läuft. Da bin ich nicht wählerisch. Ich schaue mir gern an, was alle anschauen. So bleibe ich auf dem Laufenden, ohne mit Leuten reden zu müssen, was toll ist, denn obwohl ich Menschen im Allgemeinen mag, finde ich die meisten im Besonderen irgendwie schwierig. Ich ziehe die stille Gesellschaft meiner Sachen vor. Ich liebe meine Sachen. Ich habe wirklich eine große Liebesfähigkeit, denke ich.

Etwa die Liebe zum Kino. Ich liebe das Popcorn dort, von dem ich mich immer ein kleines bisschen asthmatisch fühle. Und ich liebe den kräftig gemusterten Teppichboden, der mir die Ecke mit den Spielautomaten in einer Tankstelle im Westen in Erinnerung ruft. Und an diesem schicksalhaften Dienstagabend sah ich mir einen Film an, in dem es um die Liebe ging. Wenngleich auch um Japan und irgendwie um Tafelgeschirr. Der Film dauerte lange, über Mitternacht hinaus, was ja die Zeit ist – wie es jedenfalls in dem Film hieß –, wo der Schleier zwischen den Lebenden und den Toten am dünnsten ist.

Die Geisterstunde war nicht das, was mich erschreckte, das möchte ich gern klarstellen. Eines Tages stellte der Wachtturm ein statisches LL:LL zur Schau, und *das* erschreckte mich, aber sonst erschreckt mich kaum je etwas. Will sagen, ich war nicht irgendwie indisponiert an diesem Mittwochmorgen. (Denn wenn ich jetzt darüber nachdenke, war dieser schicksalhafte Dienstagabend doch in Wahrheit ein Mittwochmorgen – als Kinder nannten wir den Mittwoch Bumstag.) Nach dem Film ging ich also meinen üblichen Weg nach Hause, vorbei an der nunmehr seit neunzehn Monaten ruhenden Baustelle, die sich an der Ecke meines Wohnblocks direkt neben der aufgegebenen Polizeiwache befindet.

Ich bog um die Ecke, ging an der Sperrholzwand entlang und weiter zur Frontseite der aufgegebenen Wache. Von dort aus sah ich die sechs Geschosse meines Gebäudes. Ich sah mein Fenster. Das Licht war nicht an. Da stimmte etwas nicht. Ich lasse in meiner Wohnung immer Licht brennen, Tag und Nacht. Niemals habe ich diese Kindheitsangst abgelegt, dass die Dinge im Dunkeln aufhören zu existieren. Vielleicht ist das tatsächlich so, wenn auch nur vorübergehend; die Wissenschaft bestätigt heutzutage ja immer wieder die seltsamsten Sachen.

Mein Fenster dunkel: Wahrscheinlich nur das koordinierte Ableben mehrerer Glühbirnen, sagte ich mir. Oder sonst etwas. Etwas ziemlich Normales.

Ich schaute auf meine Füße hinunter, wie um mich ihrer zu vergewissern. Ein Lüftchen wehte, beladen mit einem ganz leichten Geruch von brennenden Blättern und dem

Modergestank eines industriell genutzten Küstenstrichs. Ich hatte das Gefühl, durch Unterbelichtung zu verblassen. Vielleicht war eine Sicherung durchgebrannt. Eine sehr wichtige Sicherung.

Ein Geräusch. Ich schaute nach oben, wieder zu meinem unbeleuchteten Fenster. Irgend … etwas schälte sich dort aus der Dunkelheit. Zunächst sah es aus wie ein Nichts, das sich eine billige Form zugelegt hatte. Aber als es herabstieg – und es stieg herab –, nahm es eine ontologisch klarere Gestalt an. Es war mein Bügelbrett.

Mir war entfallen, dass ich je ein Bügelbrett besessen hatte. Es war ein altes Familienstück, ganz aus Holz. Es klappte gern und oft unangekündigt zusammen. Ich und eine Reihe von Hunden hatten sich vor ihm gefürchtet, als ich noch ein Kind war. Ich hatte es in einem Wandschrank dem Vergessen anheimgegeben. Niemals hätte ich behauptet, es sei mir ans Herz gewachsen. Aber als ich es jetzt dort auf der Feuerleiter sah, außerhalb seiner gewohnten Umgebung, wallte eine große Zärtlichkeit in mir auf und floss zu ihm.

Die schmalen hinteren Füße des Bügelbretts hakten sich in die unterste Stufe der Feuerleiter, die vorderen senkten sich vorsichtig, beinahe elastisch auf den Gehweg. Nachdem das Brett so sicher gelandet war wie ein Fassadenkletterer, wandte es sich nach Osten. Es setzte seinen Weg nicht etwa unbeholfen oder wie ein Zombie fort. Es bewegte sich geschmeidig, spielerisch. Ungefähr so wie eine Seekuh.

Als Nächstes kletterte überraschend gewandt mein mit braunem Baumwollsamt bezogener Lehnsessel herab und überholte mich in einem kurzbeinigen Galopp. Mein Holländisches Sofa mit den hölzernen Armlehnen entschwebte graziös wie eine Geisha. Mein Schreibtischstuhl schien anzunehmen, er habe Räder, was nicht der Fall ist. Eine Schreibtischlampe in Gestalt einer grünen Kugel passierte mich. Eine gewöhnliche Plastikkehrschaufel. Eine schwere, schwarz gebrannte Bratpfanne. Meine Sachen. Allesamt unterwegs nach Osten. Mit beneidenswerter Entschiedenheit. Ein altes Matroschka-Set von meinem Vater, die Leiter, die ich benutzte, um zu meinem Kriechboden hinaufzugelangen, ein vergessener Flederwisch (blau), eine Kiefernholztruhe mit runden Scharnieren, zwei hohe Küchenstühle, die ich selbst gestrichen hatte und deren einer von einem anderen Projekt einen gelben Farbklecks trug, über den ich gern meine Finger gleiten ließ. Meine Kommode, deren Schubladen nur so quietschten, ein dem Kolonialstil nachempfundener Wäschekorb, ein Schemen weißen Geschirrs; eine Keramikvase mit Karomuster, daunengefüllte Zierkissen, drei Klappstühle, ein Harem von Küchenutensilien; ein Videoprojektor, eine aus Garn gewobene Badematte, ein gestreifter Duschvorhang, sich brüstende Tupperware-Label, eine Pinnwand aus Kork mitsamt den Nadeln, abgekaute Essstäbchen, eine Vase, die aussieht wie aus Kristallglas und die einen Finger, wenn man ihn auf genau die richtige Weise dranhält, halb abgeschnitten aussehen lässt. «Zeug» ist so ein kindisches Wort. Betttücher schwebten davon wie Blumengeister. Meine Bücher rauschten vorbei wie ein Enten-Military. Meine Mutter hatte meine Bücher nie gemocht. Sie sagte, sie hielten mich vom richtigen Leben ab, womit sie wohl Männer oder Geld oder beides meinte. Immer klagte sie Dinge wegen genau solcher Verbrechen an, die sie nicht begangen hatten.

Den Vorbeimarsch meiner Sachen, beinahe genoss ich ihn. Ich hasste mein Leben nicht, als es mich verließ.

Dann kam meine Miniaturgabel mit den zwei Zinken und dem pinkfarbenen Plastikgriff, in den mit goldenen Lettern COLORADO ROCKIES graviert war; die Gabel selbst war die überlebende Hälfte eines Souvenirsets von einer LKW-Raststätte, und ich hatte sie schon seit einer Ewigkeit: Jetzt kam sie vorbei. Nicht einmal in Gesellschaft anderen Bestecks. Ganz allein. Vom gesamten Geisterstundenvölkchen meines Lebens war sie diejenige – sie, die mit mir so viele Schüsseln Nudeln, so viel in Naturjoghurt verrührten Zucker, so viele von anderen in winzigste Bissen geschnittene Steaks geteilt hatte, sie, deretwegen ich mich als Kind so lange weigerte, mein Abendessen zu essen, bis sie gefunden war – sie also, meine Gabel, war diejenige, für die mein Herz am wildesten schlug. Bis zum Moment ihres Exodus war ich zu hypnotisiert, als dass ich auch nur daran gedacht hätte, mich zu bewegen. Was ich da sah, fühlte sich nicht persönlicher an als dieser Trickfilm mit den Besen, den ich nie besonders mochte, weil er ohne Worte war. Aber meine kleine Gabel. Ihr wollte ich folgen. Um sie zu bitten, dass sie dablieb, oder um sie zu fragen, warum sie fortging. Warum lief ich ihr nicht nach oder rief ihr hinterher? Warum fühlte ich mich so gliederlos? Mag sein, dass es am Schrecken lag; ich konnte mich kaum bewegen. Und sie – sie verschwand einfach aus meinem Sichtfeld, während mein alter Freund, der Wachtturm, mir, ohne zu stottern, die Uhrzeit verkündete, die Temperatur, wieder die Uhrzeit und noch einmal die Temperatur.

O du Mist-Gabel. Wie fühlt man sich so als Fledermaus? Ich weiß es nicht. Schläfrig vielleicht? Hungrig? Sehnsüchtig? Zufrieden? Ich weiß nicht, wie ich mich an diesem Dienstagabend fühlte. Oder Bumstagmorgen. Was auch immer. Ich weiß kaum, wie ich mich nicht fühlte. Ich fühlte mich nicht danach, Zeitung zu lesen, Kaffee zu trinken, zu joggen oder fernzusehen. Ich fühlte mich auch nicht danach, hinter dem Heizkessel im Keller zu heulen. Oder danach, irgendetwas anzustellen. Ich fühlte mich nicht einmal, als hätte ich soeben jemand innig Geliebten verloren; das hier war etwas anderes. Ich fühlte mich nicht danach, mir noch einen Film anzuschauen und um extra Butter für mein Popcorn zu bitten. Ich fühlte mich nicht danach, mit jemandem zu reden, der verstehen würde.

Ich schaffte es gerade noch, mich die kurze Strecke bis zur Eingangstreppe der vertrauten aufgegebenen Polizeiwache zu schleppen, und ruhte mich dort aus. Über mir: eine Balustrade mit Flaggenhalterung, wo ganz gewiss zu dieser oder jener Zeit eine Flagge gehangen hatte. War das einundzwanzig Jahre her? Hundertundeines? Ich wusste es nicht. Mag sein, dass niemand es wusste. Eine alte Polizeiwache. War ich nicht Zeugin eines Verbrechens geworden? Ich lächelte, aber nur schwach. Tau begann sich niederzuschlagen.

Die Zeit hatte geblinzelt, oder ich war eingeschlafen. Auf dem Gehweg sah ich ein paar gewundene Spuren, wie von einem Fahrrad. Ich habe kein Fahrrad, dachte ich. Ich glaube jedenfalls nicht. Obwohl ich eine Werkzeugkiste mit Gummifüßen habe. Oder hatte. Die Sonne ließ die Anzeige auf der Glühlampentafel des Wachtturms in Helligkeit verblassen. Da, wo mein Fenster war, sah ich nur gespiegeltes Licht.

England, einst ein Empire, jetzt ein Inselchen vor der europäischen Küste – das war mein Gedanke.

Dann ein Geräusch wie bei der Apokalypse. Der Hausmeister, der die Lobby meines Gebäudes staubsaugte, während eine der Eingangstüren offen stand. Der Name des Hausmeisters klingt wie der eines römischen Kaisers. Advertus, glaube ich, heißt er. Oder Nero. Er klopfte an die Scheibe der geschlossenen Eingangstür – aber du bist doch *drinnen*, dachte ich kurz – und winkte mir halbwegs freundlich zu.

Ich winkte zurück. Dann winkte ich ihn her.

«Ich habe meine Schlüssel vergessen», rief ich zu meiner Überraschung in einem kindlichen Ton, als er über die Straße zu mir kam.

Claudius reichte mir seine riesige väterliche Hand. Nach einem kurzen Moment des Zögerns dämmerte mir, dass mir die Hand aufhelfen wollte und nicht zur Bewunderung hingehalten wurde. «Gab es», fragte ich so leichthin, wie ich konnte, während ich mir hinten den Staub vom Rock klopfte, «gestern Abend so eine Art elektrische Überspannung?»

«War irgendwas?», fragte er lachend, Zähne zeigend.

Es liegt in der Natur des Traumes, dass wir uns nicht den Zeh daran stoßen können. Das wurde mir mehr als einmal erzählt, von meiner Mutter, vielleicht auch von meinem Vater. In meiner Wohnung, die mir der Kaiser netterweise aufschloss, lag nur noch mein uralter Stoffhund Jasper. Er, ein auf Abwege geratenes Blatt und eine Merkliste, die mit einem Magneten am Kühlschrank befestigt war.

«Sind Sie umgezogen? Ziehen Sie aus?»

Ich schüttelte den Kopf. «Das überrascht mich jetzt», sagte ich. «Ich meine, das ist furchtbar.»

«Ja», sagte er, und sein einsames Wort echote von der hohen Decke.

Ich konnte ihm nicht erzählen, was ich in der vergangenen Nacht gesehen hatte. Er schien zwar ein netter Mensch zu sein, aber erzählen konnte ich es ihm trotzdem nicht.

«Das ist bestimmt nicht in böser Absicht passiert», sagte ich, als Nero darauf bestand, dass ich Anzeige erstattete.

«Schon wegen der anderen Hausbewohner», predigte er.
Er begleitete mich zur Wache. Ich wusste, wenn ich wahrheitsgemäß berichtete, was ich gesehen hatte, säße ich bald unter den fluoreszierenden Leuchtröhren eines Aufnahmeraums im nächsten Krankenhaus. Selbst der normalste Mensch kann, platziert man ihn in eine höchst anormale Situation, fälschlich als die eigentliche Quelle der Abnormität dieses Aggregats aus Mensch und Umständen wahrgenommen werden. Ich unterschrieb ein Blatt zur Bestätigung eines Inventars der Gegenstände. Ich fühlte mich, als hätte ich das Verbrechen begangen. Während der kurzen Vernehmung brach ich in Tränen aus, obwohl die unecht gewesen sein mögen, da bin ich nicht sicher. Ich sagte sogar: «Ich fühle mich so schuldig!» Eine Hand legte sich auf meinen Rücken; man erzählte mir, dass Leute ständig vergäßen, ihre Türen abzuschließen, ich solle mir meine Vertrauensseligkeit nicht so zu Herzen nehmen. Ich bekäme einen Anruf, sobald irgendetwas über den Verbleib meiner Sachen oder die Diebe meiner Sachen bekannt würde.

Ich ging bei einem Italiener in der Nähe mittagessen.

Eine der Bedienungen dort, Maggie, kennt mich als Stammgast. «Du siehst aus, als wärst du einem Geist begegnet», sagte sie.

Ich hatte Spaghetti mit Fleischbällchen bestellen wollen. Mag sein, dass ich feuchte Augen bekam, denn Maggie ließ sich ganz unprofessionell mir gegenüber nieder und tätschelte mir die Hand.

Ich erzählte ihr, meine Wohnung sei leer.

«Du meinst, du hast jemanden verloren?»

Ich erklärte ihr, dass mein ganzes Zeug weg war. Nicht nur Fernseher, Stereoanlage und Bargeld, sondern einfach alles.

«Lampen, Pullover, meine Zahnbürste, meine Ersatzzahnbürste, mein Bügelbrett. Meine Lieblingsgabel.»

«Welcher Dieb nimmt denn alles mit? Das ist schon seltsam.»

Ich zuckte die Schultern. «Oder normal. Ich weiß nicht. Wer kennt sich schon wirklich mit Verbrechen aus?»

«Bist du versichert?»

Ich sagte ja, obwohl ich nicht genau wusste, ob ich es war oder nicht.

Sie lachte kurz auf und spitzte die Lippen, als dächte sie im Comicstil. «Wer liebt dich wirklich?», fragte Maggie. «Liebt dich wie verrückt. Oder, na, hasst dich wirklich –»

«Außer mir selbst?», sagte ich. «Tja, nein, so ist das nicht.» Ich nippte ein bisschen am Wasser.

«Hast du schon mal Geschirr zerbrochen?», fragte sie.

«Klar.»

«Ich meine, aus Wut», sagte sie. «Das wollte ich immer mal tun.»

«Das Komische ist», wagte ich mich vor, «dass mein Zeug ganz von allein aufgestanden und abgehauen ist.»

Maggie war in Gedanken versunken, in Phantasien vom Geschirrzerbrechen wahrscheinlich.

«Einfach abgehauen», fuhr ich fort, «wie Kinder, die von zu Hause weglaufen –»

«Tut mir leid», sagte sie zu mir. «Aber ich muss zurück an die Arbeit. Das wird schon wieder. Versprochen.»

Ich konnte meine Wohnung nicht neu einrichten; das schaffte ich einfach nicht. Ich beschloss, sie zu vermieten. Der erste potenzielle Mieter sagte, er sei Maler, ihm gefalle das Licht in meiner Wohnung, und dann bot er mir zweihundert Dollar weniger, als ich haben wollte. «Ich sehe Ihnen

an, dass Sie ein Mensch mit einem reichen Innenleben sind»,
sagte er zu mir. Vermutlich wollte er mir schmeicheln, indem
er mich zu einer Art Kunstmäzenin erklärte. Ich habe nichts
gegen Kunst. Aber nicht darum ließ ich mich auf seine nied-
rigere Miete ein. Ich wollte nur meine Grundsteuern und
die Instandhaltungskosten abdecken und ansonsten einen
Schlussstrich ziehen.

Ich selbst mietete mir ein möbliertes Zimmer in einem
Wohnheim, das elf Straßen entfernt lag. Der Untervermieter
war ein Student der Brooklyn Law School, der aus irgendwelchen Gründen ein oder zwei Semester in einem kalten
nördlichen Land verbrachte. Aus dem Zimmer konnte ich
den Wachtturm zwar sehen, musste mich dazu aber aus dem
Fenster beugen. Ich ging spazieren, mixte mir Smoothies, versuchte es mit Akupunktur, las Zeitschriften. Ich machte, was
man eben so macht. Aber die Merkwürdigkeit des Möbelver-
brechens bedrückte mich. Hatte es mich verändert? Nicht,
dass ich vorher so toll gewesen wäre, aber ich hatte mich in
meiner Haut wohl gefühlt und war endlich das alte Gefühl
losgeworden, eine misslungene Version von jemand – von
wem, spielt eigentlich keine Rolle – anderem zu sein. Jetzt
wusste ich zwar, dass ich im Grunde weiterhin die verläss-
liche, ich-artige Version meiner selbst war. Und doch fühlte
ich mich, als wäre mein wirkliches Ich irgendwo da draußen
unterwegs und wartete auf meine Rückkehr. Ich fühlte mich
gebraucht von diesem wirklichen Ich.

Die Zeit verging. Kein einziger mir gehörender Gegen-
stand – weder Lampe Uhr Gabel Stuhl noch antikes Bügelbrett, rein gar nichts – wurde an einem der üblichen Plätze
gefunden, an denen die Polizei, wie sie behauptete, solche
Sachen gewöhnlich fand. Ich ging zurück auf die Wache, um

zu fragen, ob sie im Fluss danach gebaggert hätten. Das wurde als Witz missverstanden. Ich glaube, dieses Missverständnis war darauf zurückzuführen, dass ich eine Frau bin. Wäre ich ein Mann, hätten sie es vielleicht getan. Oder gedacht, mit mir stimme etwas nicht, weil ich das fragte.

Obwohl ich dienstags nicht mehr ins Kino ging, legte ich mir ein paar neue Gewohnheiten zu. Wie Hunderte oder vielleicht Tausende andere Menschen ertappte ich mich dabei, dass ich regelmäßig auf einen Hallen-Trödel-und-Kunstgewerbemarkt ging. Einige der Händler kamen regelmäßig hin, andere nur ab und zu. Einer stellte vorzügliche Bänke aus Restholz her. Ein anderer fertige Bücherregale aus alten Büchern. Ein dritter verkaufte Wollhandschuhe, mit dem gestickten Wort ENGEL auf dem einen, während auf dem anderen TEUFEL stand. Natürlich gab es auch hübsch verpackte Marmelade. Oft war schwer zu erkennen, wer einen bestimmten Stand beaufsichtigte, denn es gab keine festgelegten Plätze, an denen die Händler zu stehen hatten, und oft verließen sie ihren Posten, wohl um andere Händler zu besuchen; darum bekam man (oder zumindest ich) den Eindruck, die Sachen hätten sich aus freien Stücken auf den Markt begeben.

Natürlich hoffte ich, dass *meine* Sachen dort auftauchen würden. Sich zum Verkauf feilbieten würden, wie auch Menschen es in gewisser Weise tun. Eine ganz normale Phantasie eigentlich, wenn man die Umstände bedenkt. Aber es geschah nicht. Ungeachtet dessen war ich oft glücklich dort auf dem Markt, manchmal eine ganze Viertelstunde lang. Ich fühlte mich, als durchliefe ich im Schnelldurchgang all die Existenzen, die ich selbst nicht führte, aber geführt haben könnte. Eine, in der ich Kleider trug, die aussahen, als wären sie aus Zierdeckchen und altem Satin gemacht; eine andere, in der ich einen speziellen Holzträger für meine Milchflaschen besaß; und eine dritte, in der ich Schriftsetzerin war oder Handsätze sammelte. Ich stellte mir all die Menschen vor, die zu diesen Objekten gehört hatten: kleine Menschen, dicke Menschen, Menschen, die glaubten, lavendelfarben sei lila, und solche, die es für blau hielten, Menschen, die für alles, was in ihrem Leben falschlief, ihre Mütter verantwortlich machten, und solche, die wirklich gerne Perlen trugen. Was für ein Völkchen.

Jedes Wochenende kam ich auf dem Rückweg vom Markt zu meinem gemieteten Zimmer an einem leeren Grundstück vorbei, auf dem drei Müllcontainer standen. Immer ging mir dann das Wort «Müllirallala» durch den Kopf. Also dachte ich darüber nach und fragte mich, woher die Kinder aus der Nachbarschaft es wohl hatten. Dann dachte ich an das Mädchen, das früher, als ich noch jung gewesen war, uns gegenüber gewohnt hatte und an einem Hirnschaden litt, weil sein Säufervater es als Baby herumgeworfen hatte, aber bildhübsch war und dessen Adoptiveltern seinen Vornamen geändert hatten, als es im Alter von vier Jahren zu ihnen gekommen war, und dieses Mädchen hatte außer «Müllirallala» auch «nackig» statt «nackt» gesagt, was mich wirklich störte, obwohl wir uns ansonsten meist prima verstanden. Jeden Samstag, wenn ich an den Containern vorbeikam, ging mir dieselbe kleine Gedankensequenz durch den Kopf. Wie ein freundlicher Stier in meinem Inneren, der hilflos attackierte, sobald er rot sah.

Eines Samstags – die Anzeige auf dem Wachtturm war in Nebel gehüllt –, als ich, gewappnet gegen die voraussehbare Erinnerungsattacke, an den Müllirallalas vorbeiging, überkam mich ein unerwartetes Glücksgefühl. Es war schneller da als irgendeine Wahrnehmung, die dafür Verantwortung hätte beanspruchen können. Dann, schon vorauseilend selig, entdeckte ich meine zweizinkige Miniaturgabel. Die mit dem pinkfarbenen Griff. Dem leicht angeschmolzenen Plastik und der im RAD-Teil von COLORADO ROCKIES fast vollkommen fehlenden Goldfarbe. Da lag sie einfach, auf einem kleinen Beistelltisch neben dem ersten Container. Meine Mutter hatte mir diese Gabel auf einer Autotour gekauft, erinnerte ich mich. Ursprünglich war die Gabel nicht allein gewesen; sie war Teil eines Souvenirsets, zu dem auch ein Löffel gehört hatte, ein Löffel, der vielleicht noch irgendwo existierte. Meine Mutter hatte mir das winzige Besteck an einem Tag gekauft, an dem wir riesige Sequoiabäume gesehen hatten. An diesem Tag hatte ihr mein Haar gefallen; sie flocht es mir in zwei Zöpfen nach hinten, so fest, dass ich wohlige Kopfschmerzen davon bekam. Dieser Gabelkauftag war kein besonders wichtiger Tag gewesen. Ich weiß nicht, warum ich ihn vergessen hatte oder warum ich mich nun plötzlich daran erinnerte. Es war nur einfach ein ziemlich schöner Tag gewesen. Wir hatten uns übereinander gefreut. Diese Gabel liebte ich wirklich.

Ich trat auf sie zu. Innerlich stritt ich noch mit mir, ob ich sie anfassen sollte oder nicht, ob ich auf diese Weise ihre Echtheit überprüfen sollte. Da entdeckte ich in der Nähe des mittleren Containers unter anderen Sachen einen blauen Küchenstuhl mit einem gelben Farbklecks, einem Klecks, den ich mit Schrecken wiedererkannte. Sauber gefaltet lag über dem Stuhl ein hellblauer Baumwollquilt von mir, derjenige, der mich einmal fast erstickt hätte. Und als ich mich nur ein paar Grad weiter umdrehte, starrte mich mein altes Bügelbrett nieder. Mein Lehnsessel, meine gestreifte Wolljacke, mein alter gelber Toaster ...

Ich hörte Stimmen. Zwei Männer trugen meinen Esstisch davon. Der größere, ein Mann mit orangerotem Haar, schwarz gerahmter Brille und engen dunklen Jeans, schien das Sagen zu haben.

«Nee, das Zeug gehört mir nicht», verkündete er. «Ich helfe bloß. Sie holt gerade ihren Laster her, um die heutige Fuhre aufzuladen.»

«Das ist alles Müllirallala», sagte ich. Der Satz überkam mich mit Macht.

«Gibt richtig Platz hier» – er machte eine ausladende Geste – «zum Anfahren und Aufladen.»

«Hat sie das Zeug gekauft, oder verkauft sie es?», fragte ich Groß, so freundlich ich konnte, und hoffte, dass es liebevoll insistierend klang.

Der kleinere Mann hatte sich entfernt; er winkte den größeren zu sich. «Ich bin wohl nicht der Richtige für solche Fragen», sagte Groß entschieden, blieb aber stehen, während sein Kumpel verärgert zusah und wartete. Ich wollte, dass Groß sich für mich und nicht für ihn entschied. «Ich glaube, das hier ist das, was sich nicht verkaufen ließ, aber ich weiß es wirklich nicht.»

«Aha.» Meine Sachen fanden also keinen Käufer. Prima. Was für ein Glück. Ich blieb weiter stehen. Groß auch. Sah die Verkäuferin aus wie ich? Ich fragte nicht nach. Ganz ruhig und leise fragte ich stattdessen: «Tja, was ... tja ... wissen Sie, was dieses kleine Gäbelchen da drüben kostet?»

Zwei Dollar, sagte er. Ich fragte nach dem Quilt. Er sagte, er glaube, die seien handgemacht und würden von einem Zirkel – er verwendete genau diesen Ausdruck, «Zirkel» –

alter Damen in einer Kleinstadt in Louisiana hergestellt. Er glaube, sie nehme 160 Dollar dafür, aber er meine, den da könne ich wahrscheinlich für 140 Dollar kriegen.

Lügen stören mich nicht sonderlich; daran lag es nicht. Was mich betrübte, war, dass diese Sachen es auf eigene Faust zu schaffen versucht hatten und gescheitert waren. Ich setzte mich allein auf einen der blauen Küchenstühle und wartete auf sie. Wer auch immer sie war. Was für einen Laster auch immer sie fuhr. Die Anzeige auf dem Wachtturm blieb verhüllt, darum weiß ich nicht mehr, wie die Zeit verging oder wie viel Zeit verging. Die Zeit kann extrem wankelmütig oder extrem zuverlässig sein. Endlich setzte ein weißer Pickup auf das Grundstück zurück. Eine Frau, tatsächlich, stieg auf der Fahrerseite aus. Sie hatte glanzlose blonde Haare und vorstehende Zähne, und wenn sie zu wiehern begonnen hätte, wäre ich nicht allzu überrascht gewesen. «Enttäuscht» ist nicht das richtige Wort, aber es ist nah dran.

«Sie sollten Ihr Zeug nicht einfach so hier draußen stehen lassen wie alte Milchkartons», hielt ich ihr vor.

Sie schien nicht dankbar für den Rat.

Ich zückte mein Scheckbuch.

«Ich akzeptiere nur Bargeld», informierte sie mich kauend.

«Ich habe vor, eine ganze Menge Sachen zu kaufen.» Noch mehr, falls sie mehr habe. Kreditkarten nehme sie auch nicht? Aber sicher könne sie doch auf mich warten, wenn ich schnell zum Geldautomaten liefe?

«Nein. Ich warte nicht.»

«Wirklich nicht?»

«Auf die Hand oder gar nicht.»

Vielleicht hätte ich anfangs freundlicher sein sollen. Oder fieser. «Waren Sie heute überhaupt auf dem Markt? Ich war nämlich da. Kommen Sie nicht her, um Sachen zu verkaufen? Sind Sie keine Verkäuferin? Ich bin Käuferin. Verbringen Sie nicht Ihr ganzes Leben damit, genau auf mich zu warten?»

«Ich muss nach Hause», sagte sie achselzuckend. «Ich wohne in New Hampshire.»

«Das tun Sie nicht.»

Sie musterte mich mit starrem Blick. «Ich bin wahrscheinlich nächstes Wochenende wieder da.» Darauf eine Pause. «Dann habe ich bestimmt mehr Quilts dabei.»

Ich verspürte nicht etwa Hass gegen diese Frau. Wirklich nicht. Um die Wahrheit zu sagen, ich gewann etwas bitter nötigen Durchblick. Abstand, sagt man bisweilen auch dazu. Sie ist nur ein kleiner Fisch, dachte ich. Wenn ich abwarte, wenn ich still beobachte, wenn ich mir bei anderen kundigen Rat hole, kann ich den Mann finden, der hinter all dem steckt. Lief es nicht im Kino so? Man sammelte geduldig Informationen. Man schlug nicht sofort zu. Mit meiner soeben zurückeroberten Gabel und meiner hellblauen Decke betrat ich die Polizeiwache des 78. Bezirks.

Da, ein Mann, an einem Schreibtisch.

Uniformen bewirken, dass ich mir Menschen als Dinge vorstelle, was keineswegs herabwürdigend gemeint ist.

«Der Name der Verkäuferin?»

Sie war einfach irgendwo da bei den Containern. Den Namen habe ich mir nicht geben lassen. Sie hatte ein Pferdegesicht.

Der Mann stieß einen inständigen Seufzer aus. Seine Brust hob sich, senkte sich, hob und senkte sich noch einmal sanfter. Ich hatte ihn gar nicht richtig angeschaut. Aber bei dem netten Seufzer wandte ich mich ihm zu. Groß und weich und ausladend – tja, pummelig –, mit Meckifrisur und einem Gesicht, das leicht zu zeichnen schien.

«Fangen wir doch mal ganz vorne an», murmelte er vorurteilsfrei. «Sagen Sie mir, wo Sie wohnen.»

Seine Augen waren schön und graugrün. Irgendwie war er sehr echt. Mag sein, dass die Uniform dazu beitrug. Er strahlte unausgesprochene Hoffnung aus und vielleicht Leiden und Angst und vielleicht auch große Liebesfähigkeit, sogar die Fähigkeit, Sachen zu lieben, die er nicht schon jahrelang kannte. Mister Hübsch nannte ich ihn. Mister Echt Hübsch.

«Miss? Ich hatte nach Ihrer Adresse gefragt.» Ein Hauch von Ungeduld.

Meine Mom – sie hätte mein Interesse an einem Polizisten missbilligt. Oder wäre viel zu begeistert gewesen. Mir schoss durch den Kopf, dass ich ihm ja anbieten konnte, mit mir ins Bett zu gehen, in dieses fremde Bett in meiner vorgeblichen Studentenheimbude, in meinem falschen Leben. Es sind Untersuchungen über so was durchgeführt worden, und es heißt, dass die meisten Männer solche Angebote freudig annehmen.

Ich stellte eine Gegenfrage. «Wohnen Sie hier in der Nähe?»

Das schien er nicht zu hören, oder er war fähig, so zu tun, als hätte er es nicht gehört.

«Werden mit diesen Fahndungsplakaten», fuhr ich fort, «jemals irgendwelche Fälle gelöst? Die Leute da sehen doch alle gleich aus.»

«Können wir uns mal konzentrieren, Ma'am? Ihre Adresse?» Ich sagte nichts. «Leider haben wir hier reichlich zu tun, und am Wochenende sind wir unterbesetzt, also wenn wir jetzt mal schnell das Wesentliche –»

Aber wenn die Liebe echt ist, gibt es so etwas wie Zeit nicht. Ich war doch hier nicht die Kriminelle? Ich stand auf keinem Fahndungsplakat. Es konnten zwar Fehler passieren. Falschidentifikationen. Ungeachtet dessen sollte man mit Respekt behandelt werden. Ich hatte in meinem Leben schon so viele schlechte Ideen gehabt. Ich musste mich als Frau erneuern.

Ich wusste, dass ich ihm meine Adresse nicht geben konnte. Nicht meine ehemalige und schon gar nicht meine aktuelle. Das hätte es ja so viel leichter gemacht, mich zu finden. Selbst wenn dieser Bursche hier absolut vertrauenswürdig war, ein Engel. Und doch konnten ihm die Dinge … aus den Händen gleiten. Ich hatte gerade erst begonnen, mein Leben wieder selbst zu bestimmen. Ich drückte Gabel und Quilt enger an mich. Nie wieder würde ich meine Adresse herausgeben. Zu keiner Zeit und bei keiner Temperatur. Und wenn sie die neue trotzdem herausfänden, würde ich eben weiterziehen.

«Tut mir leid, Ihnen die Zeit gestohlen zu haben», sagte ich voller Sehnsucht, Zorn, Bedauern und Entschlossenheit zu diesem Mann. «Tut mir wirklich leid.»

Ich ging wieder hinaus in die gesunde Kälte. Meine Mom. Ich wusste, wo sie wohnte. Oder gewohnt hatte. Wann hatten wir uns zuletzt gesprochen? Hatten wir uns gestritten? Das Loft, in dem ich lange so glücklich gelebt hatte, hatte sie nie gesehen. Dabei hatten wir so viele Dinge gemeinsam. Besaßen sie sogar irgendwie gemeinsam. Sie konnte mir vielleicht Rat geben. Ich musste ihn ja nicht unbedingt annehmen. Ich konnte mein Haar zu Zöpfen flechten. Ich konnte eine Weile bei ihr unterschlüpfen.

DANKSAGUNG

Willing Davidson gab mir beim Lektorat fast aller dieser Storys wichtigen Rat; ebenfalls zu Dank verpflichtet bin ich Eric Chinski, Carin Besser, Deborah Treisman, Claire Gutierrez, Ben Metcalf, Joanna Yas und Jared Bland. Auch der Literaturagent Bill Clegg wirkte Wunder. Ferner danke ich dem Dorothy and Lewis B. Cullman Center for Scholars and Writers in der New York Public Library, der Mary Ellen van der Heyden Fiction Fellowship an der American Academy in Berlin und dem Hald Hovedgaard Danish-American Writers' Retreat.

EDITORISCHE NOTIZ

Die Originale der folgenden Storys erschienen erstmals, teilweise in leicht veränderter Form, in Zeitschriften:
«Einst ein Weltreich» («Once an Empire»): *Harper's Maga-*
zine.
«Die verlorene Ordnung» («The Lost Order»); «Die Region
der Unähnlichkeit» («The Region of Unlikeness»); «Preis-
schock» («Sticker Shock» unter dem Titel «Appreciation»);
«Der ganze Norden stand in Flammen» («The Entire Nor-
thern Side Was Covered with Fire»); und «Gene Hackmans
späte Romane» («The Late Novels of Gene Hackman»): *The*
New Yorker.
«Waldbeerenblau» («Wild Berry Blue»): *Open City.*
«Die Immobilie» («Real Estate»): *The Walrus.*

Grete Osterwald übersetzte bis S. 114, danach Thomas Überhoff.

Rivka Galchen

Atmosphärische Störungen

«Es ist äußerst selten, dass man einem Roman begeg-
net, der sich so klug und nachhaltig mit dem Wesen der
Identität und der Unverlässlichkeit der romantischen
Liebe auseinandersetzt.»
The New York Times
Book Review

Der New Yorker Psychiater Leo Liebenstein hat den drin-
genden Verdacht, dass die Frau, die soeben fröhlich plau-
dernd zur Wohnungstür hereinspaziert, nicht die seine ist,
sondern eine Doppelgängerin. Aus ersten Zweifeln wird
schnell eine Obsession, die Leo völlig aus der Bahn wirft
und ihn auf eine byzantinische Reise verschlägt – hat er
doch Grund anzunehmen, seine richtige Frau sei der Ver-
schwörung einer internationalen Wetter-Mafia zum Opfer
gefallen, die in Feuerland ihr Unwesen treibt …

Rivka Galchens außergewöhnlicher Roman war in den
USA einer der größten Erstlingserfolge der vergangenen
Jahre. Reisen Sie mit ihr in die Tiefen der menschlichen
Seele und die Abgründe der Liebe!

320 Seiten